银河奖科幻名家
星魂勇士系列丛书

古陆英雄传

Heroes Of The Ancient land

苏学军◎著

SPM
南方出版传媒
广东经济出版社
·广州·

图书在版编目（CIP）数据

古陆英雄传 / 苏学军著． — 广州 ：广东经济出版社，2021.8

（星魂勇士系列丛书）

ISBN 978-7-5454-7535-7

Ⅰ．①古… Ⅱ．①苏… Ⅲ．①幻想小说－中国－当代 Ⅳ．① I247.5

中国版本图书馆 CIP 数据核字（2020）第 256020 号

出品机构：博峰文化
图书策划：李　雷
责任编辑：周　炜
责任技编：陆俊帆
装帧设计：平　平 @pingmiu

古陆英雄传
GULU YINGXIONG ZHUAN

出版人	李 鹏
出　版 发　行	广东经济出版社（广州市环市东路水荫路 11 号 11 ～ 12 楼）
经　销	全国新华书店
印　刷	三河市双升印务有限公司 （三河市杨庄镇杨庄村）
开　本	880 毫米 ×1230 毫米 1/32
印　张	8
字　数	140 千字
版　次	2021 年 8 月第 1 版
印　次	2021 年 8 月第 1 次
书　号	ISBN 978-7-5454-7535-7
定　价	45.00 元

北京营销中心地址：北京市东城区夕照寺街14号富瑞苑大厦201
电话：（010）67138865　邮政编码：100061
如发现印装质量问题，影响阅读，请与本社联系
广东经济出版社常年法律顾问：胡志海律师

目　录 Contents

一、雪藏高原

雪藏高原坐落在古陆遥远荒凉的东方，其北面的巨撼山脉、卡林平原与吐蕃沙漠相望；东面，千丈崖下的黑海洋是闪电和暴风雨的栖息地；向西南方向去，须攀越连绵不绝的昆仑和连峰山脉，再涉过漫无边际的沉睡森林、灰雾沼泽和帝王丘陵，才能到达辽阔的古陆平原。

雪藏高原是行星上最高的所在，由庞大的昆仑、连峰和巨撼山脉拱卫而成，古陆上十八座万米高峰有十一座耸立于此。要想穿越这些地方，到达雪藏高原腹地几乎不是人力可为的。

雪藏高原终年为冰雪覆盖，亘古不化。当人类处在诸侯混战、古陆烽火连天的时候，雪藏高原仍旧保持着它那千年不变的宁静，犹如庙宇般的肃穆与神圣。

在人们的心中，雪藏高原虽然真实地存在于古陆，但是遥不可及。眺望天际，银色的雪藏高原直入苍穹，隐现于白云之间。那里是人类的禁区，神明的居所……

夏季。

一场罕见的暴风雪突如其来地袭击了雪藏高原。漫天飞舞的雪花遮盖了群山、雪原和林海，狂风在空中掠过，发出令人恐惧的尖啸声。

两个蹒跚的身影在风雪中时隐时现。

行在前面的是一个须发皆白的老人，刺骨的风雪几乎冻僵了他的身体。可是他的腰仍然挺得笔直，一双眼睛倔强地望向前方，好像能透过重重飘雪看到前方的路。跟在后面的人身材瘦小，整个身体都蜷缩在厚厚的皮氅里，让人觉得她的身体在瑟瑟发抖。两人胯下的雪驼看上去精神不振，长长的鬃毛被冰雪凝成一绺一绺，步履凌乱，埋着头苦苦坚持。

两人已经顶风逆雪跋涉了很长时间，如果找不到躲避风雪的地方，恐怕过不了多久，他们就会葬身在这恐怖的白色世界里。

老人此刻心急如焚。他已经迷失了方向，怀里的地图变得毫无用处。极目张望，视线所及只有几步。周围都是无边无际的雪原，到哪里去找个避风雪的地方呢？该死的暴风雪丝毫没有停歇的迹象。自己暂时还能坚持，可是米兰呢？

忽然，老人在风中嗅到一丝异样的味道。烟味，一股奇特的烟味！老人一阵惊喜，眼中也有了一丝神采。他再闻，却又闻不到了。

老人驾驭着雪驼，试探着向烟味方向骑行。没多远，又闻到了一股更浓一些的烟味。他继续前行，一道陡峭的山崖从雪雾中探出。山崖下的凹处有一个洞口，烟雾正从洞中缕缕飘出。

老人翻身下驼，又搀扶米兰下来，示意她暂在洞口等候。接着，他用左手微按着腰间的腰刀，小心翼翼地向洞中走去。

走了十几米后，老人在狭窄的甬道处转了个弯。而后，只见眼前是一个庞大的洞穴。一堆篝火正在洞穴中央的空地上燃烧，火光照亮了周围斑驳的洞壁，让人感到一丝温暖。洞外的风雪声也几不可闻。一个身上裹着破旧的兽皮袄，看上去十四五岁的男孩正蹲在篝火旁冲老人傻笑。旁边的钟乳石上拴着一匹毛色纯白、头生独角的坐骑。老人的眼睛一亮：这不是传说中的银光骑吗？

“是不是寻着麝烟来的？看来，我猜得没错。这么大的雪，还真有人迷路。”男孩略带得意地冲老人说道。

老人见洞中只有一个男孩，警惕的心这才放下。他向男孩点了点头，转身出洞。不一会儿，他一手扶着米兰，一手牵着雪驼走进洞来。

老人从驼背上卸下一块毛毯，铺在篝火旁的空地上。

米兰脱下臃肿的皮氅，露出一身银色的雪豹皮袄。女孩苗条的身材立刻显现出来。

篝火旁的男孩望着这个和自己年龄相仿的女孩，一时愣住了。

老人搀着米兰坐下，拿出一块干粮，掰了大半，连水壶一同递给她，这才扭头对男孩说道:“谢谢，我们只是路过歇一歇，雪一停就走。”

“你们不是我们族的人，你们……从哪儿来？”男孩的眼睛直勾勾地盯着女孩问道。

女孩并没有回答，只是坐在毛毯上，低头慢慢吃着干粮。她一定冻坏了，秀美的脸庞没有一丝血色，仿佛是一尊洁白无瑕的玉雕。

女孩拿起水壶想喝水，可能是冻僵的手还不灵活，水壶不小心从指间滑落。女孩连忙伸手到地面去摸索。

男孩这才注意到女孩的眼睛始终没有睁开，手指的摸索也没有目标。难道她是个盲人？来不及多想，他已靠近女孩，俯身拾起了水壶。

这时，老人腰间腰刀的绷簧“咔哒”一声弹开，刀身从鞘中跳出少许。

男孩略一迟疑，慢慢地将水壶放到女孩的手上。而后，他又缓缓地坐回去。

老人倚着洞壁坐下，好像什么都没有发生。

洞内的气氛尴尬又沉闷。

老人狼吞虎咽地吃了干粮，闭上眼想小睡片刻。可刚一闭上眼，脑海中又闪现出升腾的火海，倒塌的房屋，奔逃的人群和四处杀戮的士兵……一阵烦躁涌上心头，老人坐直了身体，望着跃动的篝火，胸口快速地起伏着。

慢慢地，老人平静下来，却再也睡不着。

“听说，高原上有个雪藏部落，”老人问道，“你就是部落里的人？”

男孩点了点头，说道：“我叫萨荆，你叫什么？”

“我们只是路人，从前不曾相识，以后也不会再见。”老人说罢，又问，“这里就你一个人吗？”

“就我一个。”

“你一个小孩子怎么可能独自在冰天雪地里乱跑？”

“我出来打猎的时候遇到一只雪犀，就一路追了下来。那家伙肥得很，足够家里吃上半个月。可惜，雪越来越大，让它跑了。该死的暴风雪！”萨荆惋惜地摇着头。

“一个人跑这么远，家里人不担心吗？”

“你不了解我们，雪藏高原虽大，但猎物少，我们经常分散出猎的。”萨荆不以为然地说道。

“你的这匹银光骑神骏得很哪！”

提起自己的坐骑，萨荆来了精神：“它叫阿麟，可是从小跟我一起长大的好伙伴。我好几次受了伤，都是它把我驮回族里的。有一次，我和一只狼熊搏斗，失血太多昏了过去。醒来的时候，阿麟守在我的身边，而那只狼熊趴在不远处，肚子上破了个大洞，已经被阿麟的角挑死了。这在族里可是从来没有过的事。阿麟的父亲曾经是银光骑里的王，族里的银光骑都对它尊敬着呢。”

说罢，萨荆呵呵一笑，露出一口雪白的牙齿。

老人心不在焉地点点头，又问：“这雪不知多久才能停，我们是不是困在这里了？”

“夏天很少有暴风雪，就是有也不会很长。”萨荆自信地说。

老人暗暗松了口气，道：“这里到红石嘴还有多远？”

“这不就是红石嘴吗？”

老人这才发现周围的岩石果然隐隐有些发红，看来男孩说的没错。

“是不是再往前就是天啸林海，然后是寂静岭、星坠雪原、雪莲冰湖，再穿越天柱双峰、黑水冰湖和天圣山峰，就可以到达幻雪峰了？”老人低声说道。

萨荆一惊，道：“你们要到那么远的地方去吗？幻雪峰……那是雪藏高原的神山。传说雪女神就居住在那里，连我们族人都没有去过。”

“小兄弟，你可以带我们到那里去吗？”老人忽然问道。

萨荆看了女孩一眼，摇摇头：“我还要赶回族里去呢。到幻雪峰没有一百天回不来，阿妈会着急的……”说罢，他又犹豫地用余光瞟了瞟女孩。

“我给你这个。”老人掏出一块拇指大的金子放在掌心。

“这个？”萨荆不屑地说道，“这东西犀牙洞里多得很，有什么用？做兵器太软，又难溶。女孩子装饰在衣服上倒是挺好看。”

老人一时愣住。

“你们到那么远的地方做什么？一路上可凶险，不如留在我们族里，你们一定会生活得很好。”萨荆冲着女孩说道。

女孩低着头，仿佛根本就没听见。

“你不懂，你还是个没见过世面的孩子。”老人道。

“谁说我不懂？”萨荆的自尊心受到了伤害，倔强地说道，“父亲说我是最棒的，将来肯定能成为整个雪藏族的王。”

老人的心一动，道：“你见过金碧辉煌的宫殿吗？见过灯火通明宛若星宇的城郭吗？见过绵延千里挂满金色果实的田野和满山遍野如白云般的羊群吗？你们雪藏族世代封闭在这高原上，过着茹毛饮血的野人生活，混沌一生，无为一世，当了王又能有什么出息？！”

萨荆心口仿佛挨了重重一锤，想反驳，却又不知说什么。

女孩的神色突然紧张起来，手指紧紧抓着衣角，颤声说道：“他们来了。”

老人起身，问萨荆：“这里有其他的出口吗？”

萨荆茫然摇头，不知发生了什么事。

老人解下背后缚着的一件由兽皮包裹的长匣状物体，脱下兽皮，竟还裹着闪着金属光泽的黑色锁子甲。但老人并没有打开长匣的意思，只见他又重新把长匣紧紧缚在背上。长匣在老人眼中一定极为珍贵，进洞以来，萨荆没有见他打开过。

“一共来了多少人？”老人一边问，一边把腰刀握在左手。

“八个，”声音来自洞外，傲慢而轻蔑，“难道我们八个还不是老将军的对手吗？”

阴风自洞口袭来，篝火一暗，八个黑影鬼魅般出现在洞中，呈弯月形向三人围拢。这八个人仿佛木乃伊一般，从头至脚围裹着层层白绫，只露出一双眼睛，且每人手中拎着一条乌黑的长索。

“自卡林江畔，涉黑龙潭，穿冰封谷，越荒草岭，过百里冰原，融哲老将军，这两个月来，寻得我们兄弟几个好苦啊。”声音在洞内回荡，却听不出是谁所说。

“楼兰白云现，血雨天地间。原来是云氏兄弟，”被称融哲将军的老人颤声说道，而后一声长叹，“你们楼兰国君心胸也太狭窄了，卡林国已然为其所灭，却连我们这一老一少都不肯放过。”

“若非老将军身怀至宝，我们兄弟几个也不必费这么多周折来到千里迢迢之外的苦寒之地啊！将军，您说是吧！”云氏兄弟道。

融哲低头不语，寒风掠起他斑白的须发，火光映着爬满皱纹的脸庞，干枯无力的手虽握着腰刀，但甲胄下的身躯佝偻得厉害。

“想当年，老将军以三千铁甲破十万大军，连诛我楼兰九员上将的战绩，让人闻风丧胆！十五年间，只要老将军的将旗高悬，我楼兰数十万将士不敢越卡林江一步，那是何等的威风！”云氏兄弟道，“我等敬老将军英雄一世，只要肯将那两件至宝留下，我们保证不为难老将军。”

半晌，融哲无奈地又叹了口气，道：“唉，岁月无情催人老，空有雄心何用？诸位五年前崛起于长风原，被楼兰国君封为镇国之鞭。我十二员大将一夜之间暴死于中军大帐，想必就是诸位所为。老夫自知万难抵挡，不是诸位对手。这件兵器随老夫纵横数十载，终不能挽军民于水火。看来，我与它确实缘分已尽，留下又有何用？”

说罢，融哲解下长匣，抚摸片刻，决然放在脚前。

云氏兄弟本来对融哲手里那件威力惊人，锋芒所指处，千军丧胆的兵器颇为忌惮。融哲取下长匣时，云氏兄弟都不觉后退半步。此刻，云氏兄弟见融哲的兵器离手，才暗暗松了口气。

随着一声冷笑，鞭影闪动，长匣被卷起。

就在这时，融哲佝偻的身体猛然挺直。只见一道寒光从掌中陡然亮起，腰刀已然出鞘。

云氏兄弟仓促间挥起长鞭。

只一瞬间，刀光与鞭影没有相交。旁边的篝火稍一晃动又恢复了原状。所有人仿佛都没有挪动过身体，但胜负已分。

五条柔软却如剃刀般锋利的长鞭划过融哲的脖颈、手腕、脚腕，细密的血珠便不断地渗出。只要稍稍再快点，融哲就会变成几段。可时间就差那么一点。

云氏兄弟凝视着融哲，目光中有着太多的恐惧和迷惘。他们的喉咙处，血正在喷涌。

自云氏兄弟出道以来，他们用九转神鞭取上将首级如探囊取物，从未失手。没想到第一次失手，就意味着死亡。他们没料到，一把普通的腰刀在融哲手中变成了神兵利器。他们更没料到，融哲出手的速度竟如此快，几乎是在同时割开了他们的咽喉。云氏兄弟看到了武学的最高境界，可惜是以自己的生命作为代价。

望着云氏兄弟纷纷倒地，融哲却产生了疑问：八人出手，为何自己身上只有五道鞭痕，另外三鞭呢？他连忙回头。

篝火摇曳，米兰垂首静坐，萨荆正惊愕地看着自己。见二人无恙，融哲刚放下心来，却见旁边的两只雪驼，前腿一曲，轰然倒地，脖子上的鬃毛已然被血染红。

融哲更加疑惑，云氏兄弟为什么放弃米兰，反而去杀掉雪驼？杀掉雪驼，必然影响他们的进攻速度，可他们为什么要这样做？一个不祥的念头从心头升起：云氏兄弟只是敌人的前哨，后面肯定还有更大规模的追兵。云氏兄弟已经这么棘手，如果被后面的人追上……

融哲的额头不禁沁出了冷汗，他的目光落到萨荆的那匹银光骑上。

那坐骑被融哲刚才的杀戮所惊，低吟一声，向后倒退了一步。

银光骑在古陆是稀世珍宝，楼兰国君曾以封诸侯、赏三城为代价求一银光骑而不得。传说，银光骑可以日行一千夜走八百，遇江河、山川可肋生双翅飞翔而过。融哲只在历史典籍中看到过关于银光骑的记载，没想到会在这雪藏高原见到真的银光骑。如果有了这匹银光骑，自己和米兰就可以轻而易举地摆脱追兵，前往幻雪峰的路途也会顺利许多。

“小朋友，”融哲冲着萨荆鞠了一躬，恳切地说道：“刚才的凶险你已看到，后面还有大批敌人，我们二人此刻正处在危难之中，还望你救我们一救。”

萨荆见融哲如此，连忙起身还礼，道：“但有所求，竭力相助。”

“只求一物。”融哲指着银光骑道。

“不……不行，”萨荆连连摇头，“阿麟是父亲生前留给我的，它比我自己的生命还重要。”

“难道你忍心看着我们身陷敌手吗？”

萨荆留恋地望了女孩一眼，道：“你们可以到我们部里去，族人会保护你们。”

融哲摇了摇头，说道：“你不懂，你根本没见过楼兰骑兵的凶猛，我们一个国家都未能幸免，更别说你们小小的部族了。”

“那……那……他们不是要什么宝物吗，给他们不就行了吗？”

融哲不愿跟萨荆多言，他退后两步，手按刀柄，高声说道：“你虽年幼，也已是个男子汉了，就让我们用自己的方式解决问题吧！”

“怎么？你要抢我的阿麟吗？”萨荆一脸的轻蔑。

雪藏族是一个团结的族群，族人间像兄弟般友爱，偷盗抢掠的作为最被鄙视。

“不……不要。”女孩突然说道，随之踉跄着站起来，摸索着想挡在两人之间。

“拿出你的武器。”融哲说罢，缓缓抽出腰刀。

随着腰刀显露出银色的刀身，一股无形的杀气蔓延开来。

萨荆呆呆地站着，身体似乎在微微发抖。他的内心被恐惧和绝望笼罩。他知道自己面对的是一个比雪犀还要可怕十倍的对手，云氏兄弟的尸体就在眼前，那快如闪电的一刀还历历在目。只要一动手，就预示着自己的生命已经走到尽头。

萨荆想放弃抵抗，交出阿麟，但是一股愤怒和屈辱的火焰在他心中腾起，燃烧着他全身的血管。萨荆咬了咬牙，回身去取阿麟背上的兵器。

那兵器是一支长矛，矛头质地粗糙，但磨得雪亮；矛身是一根略有些弯曲的龙香木。

刚取下长矛，萨荆还未来得及转身，便看到阿麟的背部肌肉突地一跳。接着，一道寒光从身后袭来。

融哲已经发动，他并没有因为对方是个孩子而心存怜悯。在战场上，任何的顾虑和迟疑都是致命的。对待敌人，每一次的攻击都必须全力以赴，哪怕对方如同一只小小的蚂蚁。

融哲这一刀比刚才对付云氏兄弟出手还要迅速，因为强大的敌人随时可能赶来，他没有时间耽搁。

萨荆感到了死亡的气息，这种感觉在面对最凶猛的野兽时都没有过。可是，他现在真切地感到死亡正向他走来。在这生死关头，早已蛰伏于萨荆体内且从未被人察觉的一股可怕的力量被激发了出来。

刀势已将萨荆笼罩，刀锋已经触及他的髻发。融哲知道萨荆无论如何躲闪也已无法从刀下逃脱，这一刀已成必杀的一刀。

突然，一道刺目的寒光亮起，这光让融哲睁不开眼睛。

融哲倒下的时候，不可置信地看着插在自己胸前的长矛。他数十年的戎马生涯，攻城略地，杀人无数，却从未见过有人出手是如此之快。自己即使处在壮年，手持腰刀会这么快出手也绝无可能。

萨荆被眼前的景象惊呆了。他没想到自己绝望中的反击会置融哲于死地。他杀过无数野兽，却从来没想过要杀人。

“我……我没想要杀死你。”萨荆不知所措地说道。

“高手间的胜负只能以死见分晓，”融哲喘息着，“死在你手上，是我的幸运。”

“我……我该怎么办？”

“求你……把米兰送到幻雪峰去，”融哲忽然抓住萨荆的衣角，“前途艰难，生死不知。我把裂天刃赠予你，一定要……”融哲的声音越来越小，还没等说完，就咽气了。

萨荆低声念道：“我还要回家呢，你的东西我不要，让它陪着你去见雪女神吧！”说罢，他抬起头望着米兰。

米兰跪在地上，一动不动，脸上没有一丝的忧伤。火光映着她白皙的脸庞，不禁让人着迷。

萨荆感觉米兰似乎在望着他。不仅如此，他觉得那道目光中有几分疑虑，也有几分期许……

十几座土墙草顶的茅屋组成了这个小小的村庄。一条小河从村前流过，几只野鸭在小河中嬉戏，不时还有银色的小鱼跃出水面。一片片绿油油的农田在村庄周围环绕，几株参天古树将村庄掩映在绿荫之中。村庄背后是一座不大的山丘，圆滚滚的像个馒头。在连年战火的古陆世界，已经很难找到这样一处清秀、静谧的所在了。

山丘脚下的一个洞穴里，一个女孩闭目静坐。洞穴外面的空地上十几个衣着朴素的村民，他们同样闭目静坐。时间悄然流逝，但又似乎已经静止。

一滴泪珠忽然从女孩微合的眼中滑落。

“看到了什么？”一个老人紧张地问道。

女孩没有回答，面上似无表情，但是嘴唇在微微地抖动。

大地震颤，山川坍塌，洪水四溢，连绵几万里的火海，数不清的人发出绝望的悲号……

“还是那些吗？”老人又问。

“末日。”女孩说出两个字。

空气刹那间凝滞了。

“还有多久？”

“我们应该做些什么？”女孩没有回答，反问道。她昂起头，似乎在望着远方。一缕阳光落在她的脸庞，可以看到她的眼睛仍然闭着。她，是个盲女。

“有什么能够阻挡它呢？它是古陆的灾星，将使古陆在一次次毁灭与重生中轮回，有谁能够阻止它呢？”老人一声长叹。

“我们必须要做些什么。”女孩很坚定。

“多少个时代的人类试图去战胜它，可是没有一次成功。我们……我们也不会成功的，那是宿命。”老人道。

“不去做，就永远不会成功。”

“世人早已背弃了我们。”

“不，世人把责任留给了我们。”

老人从女孩坚决的语气中听出了她的决定，便道：“雪藏高原远在万里之外，不说路途遥远，单是那高原……”

“那里曾经是我们的家园，我们已经失去了太多的祖先记忆。如果还有拯救古陆的办法，那一定是在那里。”女孩道，“我们虽然离开了太久，但是总有一天要回去。这是宿命，我们无法逃避的宿命。”

“他们还被放逐在那里，那是股可怕的力量。他们一旦得到解脱，古陆将面临腥风血雨。”老人面露恐惧地道。

“也许他们早已忏悔，也许只有他们才能帮助我们。在灾星面前，不会有更坏的结果了。”女孩幽幽地说道。

“一千年啦，从来到这里的那天起，我就知道这一刻终会到来。我们已经物色到一个追随者，他虽然不够强大，但是足以将你带到雪藏高原。之后的路……就看上天对我们的眷顾了。”老人道。“去吧，无论毁灭或是重生，一切都会在那里得到答案。”

二、天啸林海

险峻的群山、冷酷的严寒和稀薄的空气使雪藏高原如同吐蕃沙漠般荒凉，只有最坚忍顽强的生命才能在这里生存。

没有人知道，这支自称雪藏族的部族是如何克服诸多天险来到雪藏高原，并在这里扎根下来的。与普通人类相比，他们的身材高大魁梧，简直就是巨人。但是，他们操着与人类相同的语言，这显示着他们与人类的同源关系。他们的记忆里只有银色的雪藏高原和年复一年的游猎生活。至于从前的历史，对他们来说，则早已湮没在岁月的长河之中。

雪藏族虽人口稀少，不过五六千人，但是由十数个群落组成。各个群落分散在高原各处，过着与世隔绝的日子。每年冬季暴风雪肆虐的时候，各个群落才会带着猎物聚集到月光湖畔的黑石洞越冬。

与人类在古陆的统治地位相比，雪藏族的生存极其艰难。他们一面要与严寒、暴风雪等恶劣的自然气候抗争，一面要为了食物与凶猛无比的巨兽进行殊死搏斗。即使如此，他们的生活也是简单的，贪婪和阴暗对于他们是如此的遥远。

可是，没有人知道，这样的一个部族却是一股异常可怕的力量。他们在雪藏高原上蛰伏已久，久得连他们都已经忘记了自己曾经的辉煌。但是，这股力量一旦觉醒过来，古陆都会为之战栗。

暴风雪逐渐消散，夏季的雪藏高原依然是银装素裹。

雪地上，三行足迹伸向远方……

萨荆与阿麟并排而行。

米兰坐在阿麟背上，她羸弱的体质无法适应高原的寒冷，身上裹着密不透风的皮氅，仍然冻得瑟瑟发抖。

在把米兰扶上阿麟背上的时候，萨荆本以为会费些周折，没想到阿麟不但没有反抗，反而乖乖曲下后腿。阿麟可是从来不让外人骑，就是弟弟萨风也不行。它有些奇怪。

为了摆脱身后未知的敌人，他们行进的速度很快。

阿麟虽然驮着米兰，但神采奕奕，步履轻快。萨荆则随着阿麟奔跑，常年的追猎使他的奔跑速度毫不逊色于阿麟。

上路的第一天，他们直到深夜才休息。第二天，他们天不亮就又启程。

四天过去了。

萨荆连续的奔跑终于让他支持不住了。喘息开始沉重，脚步也渐渐慢了下来。

阿麟似乎察觉到主人的疲惫，有意放缓了步伐，并时而侧头拱拱萨荆的胳臂，示意他骑上背来。

萨荆装作不知，仍然咬牙坚持。

“上来吧，阿麟应该驮得动两个人。”米兰的声音轻轻传来。

这是见到米兰以来，萨荆听到她对自己说的第一句话。

“不，我……还行，没问题。”萨荆没料到米兰会对自己说话，连忙支吾着回答。由于误杀了融哲，萨荆一直心怀愧疚。此外，米兰身上一种说不出的气质，让他渴望接近却又不敢冒犯。

萨荆不肯骑上阿麟，他们的速度就慢了下来。不过，再有一天的路程就可以到达天啸林海，部落的营地暂时就设在那里。只要与族人会合，即使敌人追来，也没什么可怕的。

他们仍然没有交流，但萨荆的心中却轻松了许多。

连绵起伏的丘陵渐渐稀疏起来，地势也变得愈加平坦。红石嘴到了。

起风了，呼啸的风声，充斥了整个耳膜。

萨荆一行爬上一座丘陵，向下俯瞰。只见大地向下陷落，远处无边无际的原始森林，一平铺向地平线。

这片森林十分怪异，它生长得并不整齐，有些地方呈螺旋状，有些地方呈弦月状，还有些地方布满纵横交错的线条。整个森林仿佛是被一只巨大的画笔随意涂鸦，凌乱而难以捉摸。

次日黄昏，萨荆一行才走出丘陵地带，来到天啸林海的边缘。

天啸林海地处山间平原，终年狂风肆虐。每到冬季更会出现山呼海啸的龙卷风，林海间奇形怪状的图案就是龙卷风的杰作。在这里，只有一种叫作“铁岩木”的树木能够生存下来。

风经过林海前面的雪原，犁出一道道沟壑。雪尘在半空弥漫，阳光一照，散射出七彩微光。

在过膝的积雪中逆风而行是困难的。米兰的整个身体伏在阿麟背上，摇摇欲坠。萨荆也不得不埋头向前。

随着距离的缩短，林海展现出另外一番景象：缓缓落下的夕阳，半空中舒展的云彩，高耸入云的一棵棵巨树，风掠过时卷起的林潮……这一切就像是一幅画。

越靠近林海，风就越小。萨荆一行在进入林海的那一刻，风声戛然而止。

穿行于林海。十几个人也无法抱拢且树干笔直地伸向天空的树木比比皆是，树间的雪地上没有灌木、藤萝、草丛等植被，显得空空荡荡。

但是，庞大的树冠把每棵树都连接起来，形成了遮天蔽日的景象。

与这些顶天立地的树木相比，人是那么渺小。

林间寂然无声。

萨荆一行的喘息声和踩踏冰雪的脚步声清晰可闻。

每次进入天啸林海，萨荆都会有一股莫名的伤感。

这些树木几百年来被冰封在大地上一动不动，从未有过一株枯萎也未有过一棵发芽。即使是被龙卷风连根拔起的树木也是不腐不朽。林间没有其他生物，就连最凶猛的野兽也会从林边绕道而行。

萨荆觉得自己在一片死气沉沉的墓地行走。

“不，它们活着，”米兰忽然说道，“它们的生命隐藏在大地之下。”

“活着？”萨荆不解，“这些树？它们跟死了有什么分别？”

米兰没有回答……

天黑前，他们终于到达了部落的营地，可萨荆并没有如愿见到族人。

部落营地坐落在一片林间空地上，十几座简陋的木屋内空空如也。木屋前的空地上还露出尚未被冰雪覆盖的篝火余烬。

萨荆在自家的木屋内找到一块刻着图案的木片。木片上的信息显示，部落已经在三天前向另一个猎场迁徙了。这种情况在以前也经常发生，可是这一次却让萨荆陷入两难的境地。

天已经完全黑下来，森林内伸手不见五指。

萨荆在屋前点燃篝火，在火上烤着最后一块冻肉。火光和烤肉的香味使营地间有了一丝生气。

两个人简单地吃过饭，疲惫地坐在篝火前休憩。

周围的一切都隐没在黑暗中，天地间仿佛只剩下两个人和这堆篝火。

“往日的这个时候，营地间到处都是篝火，”萨荆说道：“男人们聚集在一起一边喝着烈酒，一边大声说笑；女人们忙碌着收拾猎物，整顿晚饭；各家的孩子们则围着篝火玩耍。”

“真好。”米兰道。

萨荆点了点头，想起米兰是个盲人，又道：“有时候，也会有受伤或死去的族人被抬回来，营地间就会充满紧张、悲伤的气氛。小时候，我最怕这种情况发生。所以，每天都盼着父辈们平安回来。当他们平安回来时，我们会开心地闹到深夜。”

米兰不语。

萨荆想起父亲的离世，那时自己还小，什么都不懂，但那个夜晚却深深地刻在他的脑海深处。萨荆不禁有些伤感，旋即又说道："后来我终于知道，父亲的归宿亦是我们每个雪藏人最终的归宿。我们以这种归宿换来部族的延续和族人的欢乐。"

米兰仍然不语，只是倾听着。

"你说，外面的世界是什么样的？听老人们讲，高原外的世界无边无际，气候像夏天一样温暖，到处都生长着茂盛的森林，流淌着汹涌的江河，还有数不清的城郭……我总想着有一天走出高原，到外面去看看。"萨荆迷恋地说道。

随即，他注意到米兰低垂的眼帘，连忙说道："对不起，我……我忘了你看不见。你的眼睛……"

米兰听罢，脸上像湖水般平静，没有一丝涟漪。"我生下来眼睛就看不见，不光我，我的族人都是盲人。早在遥远的神话时代，我们就已经放弃了自己的眼睛。"

"放弃？"萨荆惊诧，"那你们怎么生存下去呀？"

"生存，从来都不是我们关心的。我们有更重要的事要做。"

"生存都不能保证，还能够去做别的事情吗？"萨荆不解。

米兰一愣，迟疑地说道："也许你说得对，我的族人已为数不多，随时都有灭亡的可能。在远古的时候，我们身边有最强大的守护者。”

“守护者？那融哲就是你的守护者吗？”

“就算是吧，”米兰道，“我们是在卡林国遇到的，认识的时间并不长。在遇到我之后，他决定做我的守护者，护送我来雪藏高原。”

“听云氏兄弟讲，融哲是卡林国的主帅。”

“是这样的。”

“可是……可是，我却杀了他。”萨荆懊悔。

“他说过，死在你手上，是他的幸运。”

“但你以后该怎么办呢？”萨荆问道。

他望着米兰弱小的身体，如果没有他人的照料，她恐怕在高原上一天都无法生存。

米兰没有回答，忽然抬起头面对着萨荆。

刹那间，萨荆觉得，米兰虽然看不见，但是自己内心深处仿佛都已被她洞察。

“不……不要这样看着我……”萨荆支吾道，“我也不知道该怎么办。”

米兰的表情虽没有变化，但萨荆分明感受到了她的失望和忧虑。

萨荆一时没了主意。他原本想着把米兰带到营地，让族人决定是收留还是送她去幻雪峰。现在，一边是渐行渐远的部落，一边是远在天边的幻雪峰。两条路摆在面前，他却不知该如何选择。如果去追赶部落，让米兰留在族里，族人自然会照料保护她。然而，从米兰坚定的表情看，这条路显然不通。幻雪峰，她非去不可。可是，自己有能力保护她吗？连融哲那么有本事的人都对追兵心存畏惧，自己能行吗？萨荆心中一阵烦躁。

“你不必这么烦恼，你对我并没有责任，”米兰的声音没有一丝感情地说，“早在浩劫之前，你们就已经放弃了自己的誓言，这不是你的错。”

“誓言？什么誓言？”萨荆问。

米兰却没有回答。

“你为什么非要去幻雪峰？”萨荆又问，“那里有多危险你知不知道？”

米兰仍然没有回答。

“你什么都不告诉我，要我怎么帮助你呢？”萨荆有一种被欺骗的感觉。

米兰仍旧不语。

“这么说融哲也不知道你去幻雪峰的目的了？”萨荆逼视着米兰，“他是为你而死的，你怎么一点也不伤心啊！要是我……”他心中腾起一股莫名的怨恨。

萨荆霍然起身，丢下米兰，走进身后的木屋，用力摔上门。

屋内的木榻上铺着整齐的皮褥，一定是母亲临走前亲手为他铺好的。

萨荆躺在木榻上辗转反侧。母亲和兄弟们此刻恐怕已经走出了天啸林海，如果明天一早走，快些的话，两天就能赶上他们。自己再不回去，母亲会担心的。弟弟萨风腿上的伤应该快好了吧？等回去后，他又该缠着自己比赛摔跤了。母亲一定还在为自己缝制雪犀皮衣，她的眼睛可是越来越不好了……想着想着，萨荆不知不觉就睡着了。这几天的跋涉，他确实累坏了。

门被轻轻推开，米兰苗条的身影出现在门口。她披着一头柔顺的长发，一双明亮的眼睛温柔地望着萨荆，嘴角还挂着一丝微笑。她走进屋来，弯下腰，似乎要帮萨荆盖被子。这时，门口突然黑雾涌动，一个凶神恶煞般的武士悄然出现，挥舞起闪着寒光的利剑向米兰砍去。

萨荆猛地从梦中惊醒，漆黑的屋里一片沉寂。他连忙起身，打开门。

屋前的篝火不知何时已经熄灭。星光下，米兰仍然坐在篝火前一动不动，头发上罩了一层白霜。

萨荆冲上去，握住米兰的手，只觉冰冷刺骨，但很柔软。

“我……我以为你已经……已经走了。”米兰把头转向萨荆，虚弱地说道。

“不，我不会走。只要你需要，我永远都不会离开。”萨荆的心一阵痛楚，他激动地说道。

雪藏高原的夜晚异常寒冷，即使是雪藏族的人，在没有篝火、没有避寒住所的情况下，也是坚持不了多久。但是，米兰在雪地里冻了这么长时间，竟然无恙。这到底是怎么回事呢？萨荆来不及多想。

此刻，萨荆心中满是对米兰的关切和对自己的责备。他抱起米兰，她的身体是那么的冰冷，浑身都在颤抖。现在的她虚弱的就像风雪中的一朵雪莲，娇嫩的花瓣时刻都会随风而逝。

萨荆立马把米兰抱进屋，放在木榻上。然后，把皮被盖在米兰身上，觉得不够暖和，又脱下自己的皮氅盖了上去。

接着，他又忙乱地在门后找了些木炭，堆在榻边的火坑里点燃，又把门关上，生怕漏进一丝寒风。

一番忙碌后，萨荆蹲在火坑边，目不转睛地注视着米兰。

米兰蜷缩在木榻上，沉沉睡去。

听着米兰的呼吸渐渐平缓，惨白的脸颊有了红晕，萨荆这才松了口气。

时间在夜色中消逝。

萨荆终于也支持不住，伏在木榻边沉沉睡去。

在暗淡的星光映衬下，营地上一座座木屋的形状依稀可辨。

一棵铁岩木的树干上，伏着一个一动不动的黑影。

黑影直到萨荆屋内的炭火逐渐燃尽，火光消失，才像一只巨大的蝙蝠，悄无声息地飘落在地上。在向木屋方向张望片刻，黑影转身向林海深处掠去。从身形看，黑影的身材高大修长，动作灵巧的像一只机敏的雪枭，雪地上几乎没有留下他的足迹。

新的一天。

朝阳乍现，天啸林海还处在沉沉的黑暗中。只有几缕晨曦透过铁岩木的缝隙落在营地上。

这一夜，米兰睡得很安稳。

从出生以来，就连在母亲的怀中，她也是几乎夜夜被光怪陆离的噩梦困扰。随着年龄的增长，噩梦越来越频繁，越来越清晰。终于，她明白了。噩梦是一个恐怖的预言，预示着古陆世界悲惨的未来。

可是昨夜，从未有过的安全感驱散了多年来的噩梦，让她一夜好眠。

米兰从木榻上坐起身，她依稀记得萨荆昨晚就伏在榻边，此刻却不在了。她摸索着打开屋门，一股寒冷清冽的空气扑面而来。外面的世界在她的视野中是永恒的黑色，但她此刻真切地感受到了光明。

萨荆牵着阿麟缓缓走到米兰身旁。

他早早起来，先是在营地里找到了一些族人留下的食物，然后又为阿麟梳理了长鬃，整理了行囊和武器。

“睡得好吗？”萨荆问。

米兰点点头。

“我们出发。”

“去哪儿？”

“你要去的地方。”

“你不想去追赶族人了？”

“想，”萨荆道，“有些事情我说不清。但我觉得，你更需要我，我对你有责任。可能，这就是命运。”

三、楼兰

楼兰诞生于巨撼山脉脚下的楼兰平原，是古陆最古老的国家之一。楼兰国内政权稳定，在工、农、商、文化、军事等各个领域都领先于其他国家。国民不仅体魄健壮，而且勤劳聪慧。

楼兰的国土原本仅限于楼兰平原，但三百年前，自祈年帝起，连续出现了六位文韬武略、心怀天下的雄主。他们秉承唯有楼兰族人才是人类最正统的后裔的观念，开始了连年不断的统一之战。

三百年间，楼兰相继消灭了周边十余个国家。到祈荣帝即位时，楼兰国土面积已经扩大了十倍，成为古陆最强大的国家。

古陆地形复杂，到处是高山深壑、沼泽密林、戈壁大漠，很少有成片的平原。各个国家凭借诸多天堑互不侵扰。要突破天堑，实现统一，难度可想而知。

卡林国就凭借卡林江天险和万夫莫当的融哲将军，阻挡了楼兰铁骑二十年。可惜，卡林国还是亡国了。但是卡林国的亡国给其他国家敲响了警钟，使其结成了联盟。这一局面对于楼兰可谓十分不利。不仅如此，楼兰国内也是暗潮涌动。

祈荣帝的才略与雄心虽胜于先王，但是他明白，国家已是强弩之末，如果没有一股决定性的力量来力挽狂澜，那先王们数百年的努力，可能将毁于一旦。

夕阳西斜。

殿宇楼阁皆沐浴在逐渐暗淡的晚霞之中。

一声声沉闷而肃穆的晚钟，使平日里远离喧嚣的皇宫显得更加寂寥。

勤政殿早早掌起了灯，十二盏水晶灯和四十八支牛腿大蜡将殿内照得宛如白昼。

千年雪杉打造的王座矗立在巨大的汉白玉基座上，让人不禁心生畏惧。王座前的书案上堆积着小山一样的文书。而王座后面的墙壁上既没有悬挂匾额，也没有象征楼兰的玄武画像，反而是一幅巨型楼兰地图。地图中心用金色标记着的枫叶状区域，是楼兰最初的疆域，也是诞生地——楼兰平原。围绕着楼兰平原用橘黄色标记的一大片疆域，已经纳入楼兰版图。除此之外，用白色的线条和文字密密麻麻地标注着的广阔版图，使得一代代楼兰君主魂牵梦绕。

右侧偏殿的榻上摆着一张小几，几上放着一盘小窝头，一碟咸菜，两个水煮鹅蛋。祈荣帝吃得正香。

“没想到王上坐拥天下却吃得这般节俭。”一位身着黑衣的老人隔着小几坐在祈荣帝对面。在楼兰能够与楼兰君主相对而坐的不超过三人。

“非也，”祈荣帝摇头，“天下的山珍海味在朕的口中都是一个滋味。”

“王上的心思全放在了帝国的霸业上。”黑衣老人一脸肃然。

“朕已经三年没有踏出这勤政殿了。”

“王上运筹帷幄，决胜于千里之外，这天下的事没有王上不知晓的。”

“朕做得远远不够，”祈荣帝说着，放下了筷子，侧脸望着墙上那幅地图，“朕每天在这殿上兢兢业业，生怕守不住先王们的这份基业，百年之后，无颜去见父王和列祖列宗。”

“帝国的版图已经比先王在位时扩展了一倍有余，近日又灭了卡林国。王上的伟绩定会载于凌烟阁。”

“你不该这般恭维朕。”祈荣帝冷冷地看着黑衣老人。

黑衣老人从容道:“老臣知道王上的忧虑。此番帝国虽然顺利灭了卡林国，三王子的先遣军却在日泽国境内失利，一万精兵全军覆没，三王子也是生死不明。想那日泽蕞尔小国竟敢公然与帝国对立，背后必然有主使。而精绝、焉耆等五国不但停止了向帝国纳贡，还统一了军队，建立了联军。不仅如此，近日两名刺客潜入宫中，在伤了二十七名大内侍卫之后全身而退，看身形竟似早已灭亡的银光族人。他们能接近勤政殿，恐怕宫中已经有了他们的眼线。从这些互不联系的征兆来看，一个针对帝国的联盟正在蠢蠢欲动。”

祈荣帝点了点头，道:“靠近巨撼山脉的边境上还出现了一支不明部队经常袭击帝国哨所，虽然规模不大，可是每一次都是帝国损兵折将，而对方却几乎没有伤亡。事出反常，这些事情蹊跷得很。还有细作来报，西方崛起了一个叫孟菲斯的国家。这个国家之前原本只是一个土著部族，可是，它在十几年间竟扩展成一个与我朝疆域不相上下的帝国。按照这个崛起速度，孟菲斯早晚都是我朝的心腹大患。”

“的确，帝国现下处于多事之秋。但是，王上还是要放宽心，帝国上下可都指望着王上。”黑衣老人道。

“放宽心？朕如何放宽心。自朕即位以来，就一直想着统一古陆，让古陆所有的子民都能在帝国的光辉之下休养生息。可是，你看看朕这满头白发，朕还有时间吗？”

“这些年来帝国是有些举步维艰，但这并非王上不够勤勉英明，也非群臣将士不够效力，更非古陆地形复杂，天堑重重，而是……”黑衣老人说到这里停顿下来。

“说下去。”

黑衣老人接着道：“以武力使他国臣服乃是下下策。经过王上和几位先王的呕心沥血，帝国虽消灭了十几个国家，但也使国库空虚，子民怨声载道。若非王上雄才伟略，恐怕帝国内部早已乱了起来……”

“再讲！”祈荣帝大声道。

“老臣认为，无论是臣服的国家还是不愿臣服的国家之所以明里暗里的动作，皆是因为国内的子民对帝国有一定的敌意。如果要想消除他们的敌意，让他们甘愿成为帝国的子民，最好的办法，就是让他们有共同的信仰。如此，帝国大军所到之处定然势如破竹，无往不利。”

祈荣帝点了点头，目光却暗淡下来，“话虽如此，但要让古陆所有的子民有共同的信仰，谈何容易？”

“要是老臣说，如果我们能拥有一位涅槃族圣女作为国之圣母，那王上以为呢？”黑衣老人道。

“涅槃族圣女？涅槃族不是早在千年之前就已灭亡了吗？”

黑衣老人摇摇头道:“王上有所不知，他们只不过是隐居在一个不为人知的地方，并没有灭亡。”

“怎么才能找到那里?”

“找不到。千百年来数不清的人寻找过涅槃族隐居之所，却没人成功。我们也做不到。”

祈荣帝听到此言，有些失落:“既然如此，那你刚才所言何意?”

“众所周知，谁得到涅槃族的支持，谁就会成为古陆的王。老臣近日探知一位涅槃族圣女只身出现在古陆，她的目的地似乎是雪藏高原，现在已到了卡林国境内。老臣以为这是王上的洪福已至。”

“果真如此的话，”祈荣帝一声惊叹，道:“你速带朕的诏书去卡林国都，命四王子祈辉挑选精兵，寻找涅槃族圣女，务必找到，不得有误。你是辉儿的师父，就随他一同去吧。”

“老臣遵命。”黑衣老人躬身退下。

传说，涅槃族圣女只有在世界即将毁灭时才会现身拯救众生。此番圣女的出现对古陆来说，到底是福还是祸呢?

祈帝的目光落在地图上的雪藏高原，似乎已看到了高原上的白雪皑皑。

黑衣老人到达卡林国都后，并没有见到四王子。留守的右将军丁卫禀告，进入卡林国境的十万楼兰大军除两万人拱卫都城外，其余人分成若干个小部队，在卡林全境围剿残余敌军。四王子则率领其中一支部队追寻卡林统帅融哲的踪迹。

在黑衣老人追上祈辉的时候，距离东面雷电肆虐的黑海洋已不足百里。

自三百年前楼兰崛起，卡林江对岸的卡林国就一直被楼兰觊觎。奈何，楼兰屡次对卡林国用兵，却均遭败绩。

十五年前，祈荣帝率十万精兵御驾亲征，顺利渡过卡林江天堑，一路长驱直入，直至卡林国都脚下，并在混沌谷将卡林国倾全国之力聚集的三十万大军尽皆包围。眼见卡林兵败，谁知突然冒出一位卡林统帅。此人凭借手中的上古神器裂天刃，接连斩杀九员楼兰上将，并且以三千铁甲破祈荣帝所率十万大军。这一战不仅使卡林国一举反败为胜，而且为其换来长达十五年的和平。此人便是驻守卡林江畔，威慑楼兰十五年的融哲。

而祈荣帝回到楼兰时，十万大军仅余两千。自此，祈荣帝励精图治，休养生息，不再轻言战事。

直至三个月前，祈荣帝认为时机成熟，任命四王子祈辉为统帅，领兵十万，攻打卡林国。

祈辉原本预计的惨烈战况没有出现，大军轻而易举渡过了卡林江。

接着，大军又以迅雷不及掩耳之势攻克了卡林国都。卡林王兵败被杀，二十万援军在路上听说都城陷落，顷刻溃散。四王子祈辉还没来得及出手，卡林国便已亡了。

祈辉总觉得歼灭卡林国很蹊跷。十数年来，与其说楼兰对卡林国有所忌惮，倒不如说是忌惮融哲。但是，此番攻城略地，融哲却莫名其妙地消失了。直至都城陷落，融哲仍然不见踪影。如今，卡林国虽然已亡，但他心中总有一种不安的感觉，只要融哲一天不死，隐患始终就存在。

祈辉见了祈荣帝的诏书，微一皱眉，对黑衣老人道："师父，父王在诏书中说让徒儿亲率精兵前往雪藏寻找圣女，徒儿知道兹事体大。何况，您老人家都亲自来了，可这卡林境内看似战火已熄，但敌将融哲始终不曾现身。若不将他铲除，实为帝国心腹大患。徒儿有些放心不下。"

黑衣老人含笑道："王子想的是一城一地，而王上胸怀的却是天下。在古陆遍地的神庙中，每家每户的神龛上，供奉的几乎都是涅槃族圣女。如果涅槃族圣女成为帝国的圣母，那帝国必将一统天下。王子，可明白王上旨意？"

"徒儿明白了。"祈辉恍然大悟。

"此番攻打卡林国，之所以不见融哲，是因为涅槃族圣女的追随者就是融哲。现在，他们恐怕已临近雪藏边缘。”黑衣老人道。

红石嘴。

一支百余人的骑兵队伍环列在岩洞周围。

黑色的玄武王旗随风飘扬，在白雪皑皑的世界里显得格外刺眼。

旗帜下，一位少年头戴绘有玄武雕像和雉翎的黑金头盔，身穿镶着兽头护心镜的鱼鳞铠甲，铠甲外面披着镶金边的黑色战袍。少年胯下的战马毛色纯黑，是楼兰最为神俊的飞云宝马。

作为祈荣帝的四子，祈辉十二岁就随祈荣帝四处征战。现不足弱冠之年的祈辉已凭赫赫战功被封为亲王。在攻打卡林国的战役中，祈辉虽没有亲自出手，但作为统帅，他在城破后第一个冲入王城，亲手砍下了卡林王的首级。

此刻，祈辉若有所思地望着前面的岩洞，一张俊秀的脸上透着与年龄不符的成熟与严肃。

两名灰袍武将从岩洞中出来，快步走到马前。

“王子，洞内无人，但有血迹。看来，云氏兄弟和对方交过手了。”

“从血迹看，不止一人死亡。云氏兄弟留下的标记中断了，恐怕……”另一名武将猜测道。

祈辉皱了皱眉，道:“四处找一找。”

很快，在岩洞附近的悬崖下，找到了一个仓促堆就的雪坟。挖开雪坟后，里面露出了云氏兄弟的尸体。出乎意料的是，在云氏兄弟的尸体旁边，竟是融哲的尸体。

祈辉见状，翻身下马，亲自下到坟中察看。云氏兄弟八人均被一刀毙命，一看便知是折在融哲的奔雷势之下。而融哲身上的鞭伤很浅，并不致命。致命伤在胸口，从伤口形状看，融哲似乎是被一种尺寸较小的长矛一击致命。

祈辉心头疑惑不解，扭头对身边黑衣老人说道:“师父，融哲看来并非死于云氏兄弟之手，难道……”他略一犹豫，“难道还有其他与我们目的相同的人?”

“放眼整个楼兰，没有几人能在融哲手下走过几个回合。云氏兄弟向来狂妄，加之求功心切，恐怕已坏了大事，简直咎由自取。”黑衣老人的声音沙哑而苍老，“能置融哲于死地的人，要么是出其不意，要么……那人武功已然深不可测。融哲一代英豪，我本以为能在这高原上与他生死一战。没想到，他却无声无息地……”

“我们要的东西无论落入谁手都会于帝国不利，”祈辉断然道，“黑水、无风，你二人立刻领十九名飞狼骑，昼夜不停，前往追寻。切记，你们只能尾随，绝对不能与对方交手。”

被唤黑水、无风的两名灰袍武将领命后，便带领十九名飞狼骑绝尘而去。二人的身形虽如孩子般矮小，但动作如灵鼠般轻盈迅速。祈辉在征服雷泽部落时，见识到二人独特的功夫，便收服了他们。由于二人出生于暗无天日的森林沼泽，整日在可以吞噬万物的黑沼泽地里出没，并以捕捉奔跑如飞的灵鼠为生，便不觉间练就了一身独特的功夫。

“我们需要加快速度，必须在对方得手前赶到，”祈辉顾虑道：“只是……杀死融哲的这个人……”

“有为师在。”

雪坟内，正在收殓云氏兄弟尸体的武士们忽然一阵骚乱。

“这，这是什么？难道，这就是……”

一个沉重古朴的长匣被捧了上来，在祈辉面前打开。

祈辉见到长匣中的东西，不禁有些惊讶，道：“裂天刃？世间最强大的武器。”

天啸林海。

两人一骑在林海深处已行走四天，但这片林海仿佛没有尽头。

萨荆和米兰虽然熟悉了许多，但很少说话。二人只顾埋头赶路。在这林海中，时间与空间似乎都已凝固。

四天的路程，二人从营地带的食物亦所剩无几。

每次宿营的时候，萨荆都是把食物热好后给米兰吃，而自己只是吞几口雪充饥。

又走了两天，萨荆倒是没有大碍。毕竟在追踪猎物的时候，几天不吃饭是常事。可现在粮袋已经见底了，而走出林海至少还需要五天。米兰虚弱的身体没有食物，恐怕是坚持不下去的。

萨荆希望能找到梅雀之类的小猎物，或者可以食用的植物，但他知道这种可能性非常渺茫。部落虽然经常在林海宿营，但从未在林中发现任何动物，哪怕是一棵能食用的植物。

萨荆心中十分焦急，但脸上不动声色。

“你觉得有什么异常吗？”米兰忽然问道。

“异常？”萨荆左右张望，摇了摇头。

“从营地出发以来，我觉得始终有什么在跟着我们，忽远忽近，时隐时现。”

萨荆立刻警觉起来。他停下脚步，手搭背后的长矛，向来时的方向眺望。雪地上，除了他们的足迹远远地伸向密林深处，并没有其他痕迹。耳轮中除了透过枝叶的风声，便再无声息。

“会不会弄错了？”萨荆对自己的直觉一向自信，平时最狡猾的猎物也会被他从各种各样的巢穴中找出来。

“也许，”米兰并不敢肯定，“也许是我弄错了。”

萨荆见状，便展开身形向来路奔出数百步察看。可地上仍然只有他们自己的足迹。不论是谁在跟踪他们，总会在雪地里留下痕迹。既然什么都没有，萨荆便松了口气。

这一天即将过去，森林里迅速暗淡下来。

萨荆找到一株被闪电劈倒的铁岩木，掏空了树干下的积雪，蒙上皮毯，搭了一个遮风挡雪的帐篷。

在天完全黑下来之前，萨荆在帐篷前点燃了篝火。然后，他架上小铁锅在火上煮着雪水，手伸进粮袋，却什么也没有掏出来。

“有件事，恐怕……”萨荆尴尬地说道。

“我虽然身体不好，但饿一两天还是可以坚持的。”米兰接道。

“看来也只有如此了。”萨荆苦笑道，他搅动着锅里的雪水，又忍不住问道：“我总觉得，你虽然看不见，却好像什么都知道似的？”

“一路上听着风雪的呼啸感受着刺骨的寒冷，我想这雪藏高原一定雄浑壮美。我要是能亲眼看一看该有多好。”米兰说道，“我还想看看你，这个素不相识却愿意帮助我的人是什么模样。可惜……要不是你，我在这里寸步难行。”

“有我在，我会……会……”萨荆连忙道。

米兰点了点头。须臾，说道：“眼睛是人类最重要的感知器官，可以说和生命同等重要。人们透过眼睛来感知世界和应对各种挑战。

我的族人因为失去了眼睛，已到了濒临灭亡的边缘。”

“你们为什么会失去眼睛呢？”

“不是失去，是放弃，”米兰纠正道，“早在远古时候，我的族人为了追求生命存在的更高形式而改变了自身的身体结构，主动放弃了眼睛。”

萨荆茫然。

“这是老人们留下的说法，具体的情况，我和幸存下来的族人也知之甚少。”米兰的神色有些黯然。

“除了生命，还有什么是比眼睛更重要的呢？”萨荆喃喃道。

“眼睛虽让人看到光明，了解世界，但眼睛所看到的并不一定是真实的、正确的。人类对眼睛的依赖让他们忽视了很多重要的东西，也限制了他们追求更高层次的存在。”米兰说道，“我虽然没有眼睛，但是我的视野里并不是一团漆黑。我能感知到许许多多散发着黄色微光的树灵在幽蓝色的土地里怡然自得地休憩，五颜六色的星辰把几乎没有热量的光辉洒在我们脸上。不仅如此，我还能感知到你的身体充满了金红色的活力。”

“这就是生命更高层次的存在吗？”萨荆有些呆了。

“不是，这只是我们不同于其他人的一些变化。我们所追求的究竟是什么，能不能够实现，我们不知道。祖先留下的成果已经在岁月的沧桑中遗失殆尽。如今的部族……”米兰有些伤感地道。

萨荆见米兰情绪低落，便说道，“其实，我觉得吧，生活应该无忧无虑，快快乐乐的。”

“生活往往都是表面平静，”米兰道，“在不远的将来，一场巨大的灾难将降临整个古陆世界。如果找不到办法阻止灾难发生，那这个世界将毁于一旦。到时，没有人能够幸免于难。”

萨荆一下子严肃起来，他对米兰的话深信不疑。

“我来到雪藏高原就是为了寻找古人留下的神祇。我一定得找到它，只有它能为我解开心中所有的疑惑。”米兰忽然伸出手，竟准确地抓住了萨荆的手，“你得帮助我。”

“放……放心，我一定护送你到目的地。”

萨荆的手被米兰握着，她的手柔软而冰冷，他的心却抑制不住地狂跳，但他勉强保持着冷静。

“我们的敌人是非常强大的，仅靠我们自身的力量根本无法抵挡。”米兰道。

萨荆未及回答，忽然一种从未有过的感觉从米兰手上传来，他仿佛听到米兰在讲:“小心，树上有人。”可她的嘴唇明明没有动，难道这话……

这是一种被遗忘了无数年的沟通方式，它只存在于古陆两个特殊的种族，从不为外人知晓。萨荆初次接触竟奇迹般地完全明了这种沟通方式的含义——肢体接触。

萨荆来不及细想，这惊人的沟通方式，便拔出长矛，向身边的那棵树上跃去。

雪藏族的爆发力极为惊人。只见萨荆纵身一跃，轻而易举地跃向十几米的铁岩木树冠。就在他即将接触到树冠的一霎，原本没有动静的树冠突然有了一丝轻微的颤动。接着，一道银色的寒光从枝叶中射出，如闪电般直刺萨荆。

萨荆匆忙提起长矛迎了上去。

两道银光骤然相交，迸射出耀眼的火星。

萨荆没料到看似轻巧的寒光竟然蕴藏着如此强大的力量，身体悬在半空无从借力，上跃的劲势被寒光的力量抵消。他慌忙中坠落了下来。

与此同时，一个大鸟般的黑影脱离树冠，紧随着寒光向萨荆扑来。

萨荆刚刚落地，寒光便随形而至，萨荆连忙举长矛隔挡。

寒光再次相交，发出清脆的类似金属的撞击声。

黑影一个借力上弹，再次扑来。

萨荆本想借助激起的雪尘的掩护站立起来，但对方没有给他机会。只见两道寒光向他砍来。

萨荆立马一个翻身躲开一道，却再也躲不开第二道寒光。一柄细长明亮的战刀横在他的脖颈。而手持战刀的黑影压在他身上，单腿顶着他的腹部。

“萨家的小子，你这么差劲的功夫是怎么在高原上活到现在的？”黑影冰冷地说道。

“我当是谁呢，这暗算别人的勾当也就只有武家老二能做出来。”萨荆反驳道。

“习武之人，管他什么办法呢。”黑影不屑一顾，“倒是你，真是百闻不如一见。看来，明年的黑石洞会武没什么看头了。”说着，黑影收回战刀，松开萨荆，站了起来。

在火光的映衬下，黑影显露出修长的身材，一头浓黑的长发用黄金发箍整齐地束着，满是自负和骄傲的脸庞极为俊美。

“萨荆，你怎么样？来的是敌人吗？”米兰问道。

“我没事，”萨荆站起身，“敌人？哼，他还算不上对手。”

“我叫小武，小姑娘，你呢？”小武不再理会萨荆，饶有兴趣地打量着米兰，“瞧样子，你不是我们高原上的人吧！是不是来自山外？我跟了你们五天，你们既不是亲属也不是朋友，却一起逃命。你们在躲避什么？敌人吗？要是需要保护的话，我可比这傻小子合适多了。”

“这么说，你们是同族了？”米兰高兴地问，又皱了皱眉，“后面的敌人非常可怕，你可千万不要去招惹他们。”

“你放心，这个人自私无比，才不会为别人去付出。”萨荆轻蔑地说道。

“唉，好心没有好报。”小武懒洋洋地说道。

“你能不能把它带给你们族里的长老？”米兰从怀里掏出半枚锈迹斑斑的青铜纹章，“看到这个，你们的族人或许会来帮助我们的。”

“这个人是不值得托付的。”萨荆喊道。

“我才懒得瞎管闲事。”小武接过纹章瞧了瞧，“这个小玩意儿挺有意思，我什么时候玩够了再还给你。”话音刚落，他已经跃上了树冠。

萨荆正欲追去，一个沉甸甸的粮袋从头顶砸落下来。

一小群楼兰骑兵时而策马疾驰，时而在雪地上搜索。马的四蹄缠着厚厚的白布，踏在松软的积雪上几乎听不到声音。如果仔细看他们的方向的话，就会发现，他们是循着一串模糊的足迹行进。

飞奔间，行在前面的一匹战马突然前腿一软，扑倒在地。马背上的骑士被甩出几米远才稳住身形。

骑士们下马查看。

跪积雪下面，两根坚硬的铁岩木树根缠绕成一个深深的树坑，马的前腿陷在了里面，显然已经断了。

骑士们见状并不耽搁，丢下伤马继续前行。

不久，一根长长的树根突然毫无征兆地从雪地上腾起，如钢鞭般横扫过来。

骑士们有了前车之鉴，纷纷闪身躲过。但为了谨慎，众人又仔细地检查一番，没有发现人为的痕迹。

“该死，这树难道是活的不成？”一人骂道。

再次上路后，骑士们更加谨慎了，也放慢了速度。

没多久，不可思议的事又发生了。原本追寻的足迹在径直伸向一株铁岩木之后竟然消失了，而且在周围也没发现足迹。

“难不成飞上天了？”

“有蹊跷。”

众人的目光落在头顶乌云一样浓密的树冠上。

“什么人！”为首的骑士突然大喝，甩手就向树冠射出一柄飞刀。

仔细一瞧，发射飞刀的人原是天风。

无风的飞刀从不轻发，发则必中，但飞刀射入树冠便如石沉大海，既不见落下，也毫无动静。他刚才明明看到什么东西在树冠中一闪，为何没有动静呢？无风坚信自己没有看错。只见他双手探入刀囊，八柄飞刀同时射出。其他骑士见状，也纷纷张弓搭箭向树冠漫射。

数十道寒光没入树冠，仍旧没了动静。

骑士们围拢在树前正纳闷。

突然，他们身后不远的一株铁岩木上一个修长的身影倚着树干悠然说道："诸位这么悠闲，是在射鸟吗？这百里林海鸟兽绝迹，只有孤魂野鬼游荡。诸位恐怕要无功而返了。"

众人寻声看去，竟是一面容俊秀的少年。众人见状，并不答话，但各自已然准备迎敌。无风的手探入刀囊，黑水从马背上取下一根绿油油的细长竹竿，其他人也纷纷拿出武器，形成一道看似松散的弧形攻击阵型。

忽然，树干上的少年身影一晃，周身飞出数十道寒光，秋风落叶般飞向树下众人。

无风在投掷技巧上浸淫了数十年，熟练地将少年射来的暗器接在手中，仔细一看，原来是自己刚刚射向树冠的飞刀。他心中一惊，对方竟能在瞬间网罗并发射这么多飞刀，简直不可思议。即使生下来就开始习武，这少年也不可能达到这么高的境界。

黑水纵身而起，手中的竹竿舞动成一道绵密的网，射来的飞刀被纷纷击飞。只有最外缘的一个骑士猝不及防，右肩中刀。

"让我们来场光明正大的比武吧！"说罢，树干上的少年张开双臂，双手不知何时已各执一柄细如枝条、银光闪闪的长刀。

“那个叫小武的，你们是一个族吗？”米兰问。

“是。”萨荆没有多说，似乎不想就这个话题多讲。

“你们好像并不融洽？”米兰又问。

“武家是我们雪藏族的异类，他们向来独来独往，从来不和族里的其他人来往。即使在黑石洞越冬的时候，他们家几十口人也是远远地躲在洞里最深的角落，神秘得很。族里的人都不太喜欢他们。”萨荆说道，“不过细想起来，他们也没什么讨厌的地方。有几次还救过受伤掉队的族人。只是他们从来都是一副自命不凡的样子，瞧着让人不舒服。”

“我交给他的纹章是非常重要的东西。”米兰担心地说道。

“放心吧，即使他不能把它交给千索长老，也会完好如初地还给你的。”萨荆肯定地说道，“雪藏族人从不食言，他也不会例外。”

“我是担心他会去阻拦追赶我们的敌人，他的性格里有太多的桀骜不驯。”

“武家是我们雪藏族武艺最高的家族，黑死岭的千年雪犀王就是他们家杀的。南山的黑白剑齿虎曾伤了十几个族人，也是他们家派人铲除的。”萨荆安慰道。

“你没有面对过追赶我们的敌人，还不知道他们有多么可怕。”米兰的声音有些颤抖。

两个人不约而同地回头张望。

他们的身后，天啸林海渐渐远去。

他们前进的方向——寂静岭，庞大的山体拔地而起，遮盖了半个天空。

寂静岭的后面，还有绵延不绝的山脉、辽阔浩瀚的雪原、星罗棋布的冰湖……

四、小武

进入天啸林海以来，祈辉的心情就莫名地有些低落。周围一株株硕大无朋的树木漠然伫立，仿佛由远古巨人排列而成的军阵，看似散乱却又似乎暗合着某种玄妙、神秘的顺序，令人恐惧。祈辉虽然身经百战，心底也不禁泛起一丝寒意。

整个林海看上去又像一座失落的古城。昔日的居民、城郭的喧嚣与繁华早已不复，只留下一片片凄凉死寂的冰封遗迹，昭示着曾经的辉煌与荣耀。

这番情景触动了祈辉的心绪。

很长一段时间以来，祈辉总是做噩梦，梦见楼兰城一片火海，父王在火焰中绝望地向自己叫喊着什么。梦境就像是预言。帝国正陷入一场前所未有的危机，反抗联盟也在蠢蠢欲动。他必须完成自己的使命，辅佐父王完成大业。对此，他有能力也有信心。可是，他的内心为什么总有一丝忐忑不安呢？这种不安在见到雪藏族人遗留的营地之后变得越来越强烈。祈辉总觉得在这看似空旷平静的高原上有着某种东西让他毛骨悚然。

今晚，看似和其他夜晚没有什么不同，队伍中却涌起一丝不安的情绪。黑水、无风本应在黄昏派人回来联络，可一直等到午夜也未见有人前来。祈辉决定不再等待，全军连夜开拔。

近百人的队伍在黑暗中疾行，没有火把也没有喧嚣，只有武器与甲胄偶尔的轻微碰击发出的声音。他们是楼兰大军中的精英，已跟随祈辉多年，在无数次战斗中用自己的血肉为楼兰开疆拓土。祈辉把他们当作兄弟一般，熟悉每个人的性格和经历。在祈辉的将旗之下，他们穿着同样的盔甲（身上的战袍因战功不同，由白色到深灰略有不同），他们中的每个人在独自面对强敌时，都是铁骨铮铮、所向披靡的铁血男儿。

忽然间，队伍的前锋亮起了一支火把，那是与敌遭遇的警号。没有一点慌乱，队伍在行进间自动转换为战斗队形，战士们纷纷点亮火把。最终，队伍在一株铁岩木前形成包围圈。诸多火把照亮了一小片树林。

出乎意料，敌人只有一个。

铁岩木的树干庞大得像一堵墙，灰白的树干表面上喷溅着斑驳的血迹，好像一幅血腥诡异的图画。

一个少年双手抱胸斜倚在树干前，他身上穿的雪犀皮袄被利器割得支离破碎，且染满了已经凝固的暗红色血迹。一头长发披散在肩头，掩映着他英俊的脸庞。脸颊和嘴角虽淌着血痕，但他的表情轻松，竟然还带着一丝笑容。

以铁岩木和少年为中心，周围散落着黑水、无风和十几个楼兰骑兵的尸体。

祈辉一挥手，几个骑士向包围圈外的树林扩散开去，侦察树林中是否还有敌人的埋伏。

祈辉这才缓缓驱马上前，垂首注视着雪地上的尸体。

十九名飞狼骑的尸体都倒在战场的外缘，看来是在战斗开始的阶段被杀的。他们虽然都是普通的士兵，武艺并不精深，但他们跟随自己多年，每个人对敌经验丰富。现在，他们有的手里还执着弓，有的腰刀才拔到一半，就已丧命。可见，敌人的进攻是多么的迅速和精准。

无风的尸体距铁岩木有三十步远，他的手上还扣着一柄未射出的飞刀，刀囊已然空了。这么近的距离，无风的飞刀定然无一虚发，但这一次他失手了。他的头离身体有五步之遥，喷射的鲜血在雪地上竟有几米远。可以想象，黑水在与敌人缠斗，无风在附近发射飞刀支援。但是，敌人在几回合间摆脱了黑水，并纵身数十步，闪电般砍下了无风的首级。

无风与黑水这两大高手向来自负，从来都是一人战斗一人旁观，能让二人同时出手，可见当时的形势极为凶险。

黑水的尸体并没有倒下，而是双腿着地跪在距离少年只有三步远的地方。他的绿竹竿长达丈二，经常在对手尚未接近时便洞穿其咽喉，即使不能取胜，至少可以自保。此时，黑水让对方近身至三步，可见败局已定。黑水的身上没有血迹，只是绿竹竿已经折断，一节握在手中，另一节却自眉心刺入，洞穿了他自己的头颅。

祈辉把目光从尸体上挪开，慢慢落在少年身上，仔细打量着对方。他心中猛然想起杀死融哲的人，难道……

“看来，我两员大将和十九名亲兵的性命，都是折在你这小孩儿手上？”祈辉淡淡地问道。

“你是他们的头儿吧！”少年报以淡淡的微笑，“不也是个小孩子吗？”

祈辉突然怒声喝道：“本王与你素不相识，无冤无仇，你却杀我部将，活得不耐烦了吗？”

少年不屑一顾地摇摇头，说道：“我想不想活，你可做不了主。躺在地上的几位就是不想让我活，才枉自丢了性命。这高原可是我雪藏族的天下，由不得你们张狂。”

一名骑士上前向祈辉密报：“树林周围并没有发现其他敌人的踪迹。”

祈辉的心一动，这少年竟然以一人之力诛杀黑水、无风二将，其身手之矫健在楼兰大军帐下已极为罕见。再看其身姿玉树临风，神态卓绝不凡，与自己又年龄相仿，祈辉不禁起了惺惺相惜之心。

“我军追寻逃犯来到雪藏高原，本无冒犯贵族之意，若无意中有不当之举，望能够化干戈为玉帛。本王祈辉，不知这位小兄弟姓名？”祈辉的话柔和了许多，“看小兄弟小小年纪便有如此绝世武艺，在这荒原上不是可惜了吗？如果能够与本王并肩开创一番轰轰烈烈的事业，那才是人生快事。”

“叫我小武就行了。高原上的日子确实平淡了些，你说的事我确实比较感兴趣。不过为表诚意，还是请你们暂时先退出雪藏高原。”小武昂起头注视着祈辉。

“我们的任务对国家干系太大，恐怕不能从命。”

“太没有诚意了，一个小女孩竟然比我还重要吗？”

“这么说，你知道米兰的下落？”祈辉眼睛一亮，“如能告知，定然重谢。”

“出卖朋友可不是雪藏族的作风。”

“瞧样子，你不仅不会告诉我们，还准备阻拦我们了？”

“那倒不是。那小女孩与我可没什么瓜葛，犯不着为她丢掉性命。”小武话锋一转，“不过，最近手比较痒，高原上又人迹罕至，难得找个对手，正好诸位好像功夫还不错……”

祈辉脸色一沉。这少年野性十足，看来不让他吃些苦头是很难降服的。“小小年纪不知天高地厚，就让你知道阻挡本王的代价。”

他回首望了望自己的军队。

队伍里一时竟然鸦雀无声，这在历次战斗中是极为罕见的。

“王子，无风向来与我交情甚好，让我来为他报仇吧！”说话者是一位身着深灰色战袍的人，虽身材瘦小，但从战袍颜色来看，此人地位极高。

“胡烈将军，千万小心。”祈辉关切地说道，又压低声音，“要活的。”

被唤胡烈的将军略一迟疑，点了点头，向小武走去。

小武依然懒散地倚在树旁，嘴角噙笑，看着对方走向自己。

胡烈在距离小武十步远的地方站定，左手从背后摘下一只沉重的大铁锥，右手抽出一柄匕首。大铁锥的锥身锈迹斑驳，俨然为鲜血所蚀，匕首短小狭长，却是精光四射。

“小朋友，我这左手铁锥虽然沉重，走的却是轻灵路子，右手匕首才是凶险所在，你可要小心了。”胡烈说道。

小武点了点头，道：“说得不错，铁锥虽然血迹斑斑，但那匕首恐怕杀人更多。不过，你所说的应该是十年前的你。对于现在的你来说，兵器的轻重、大小想来已无分别，不知说得对不对。”

胡烈的脸色微变，不再言语，匕首在前，铁锥拖后，向小武刺去。

没有人看到小武是如何拔刀的，但刀已在手。长刀在躲过匕首和铁锥的一击后，直刺胡烈前胸。

胡烈见状，将铁锥改为守势，横在胸前形成一面盾牌，匕首仍旧刺向小武。

小武的长刀在中途改变招式，格开了匕首。与此同时，右脚突然出击，代替了长刀的攻势，重重踹在大铁锥上。

胡烈猝不及防，铁锥撞击在胸口，立时喷出一口鲜血。

谁都没想到，一个回合，便定了胜负。铁锥和匕首众多的杀招没有使出，就再也没有施展的机会了。

队伍又是一片鸦雀无声。

“王子，不知小人能否出战？”

说话的人是个叫段萧的普通飞狼骑兵，这倒有些出乎祈辉的意料。

“去。”祈辉干脆地说道。他知道士兵们的士气是不能够遭受挫败的，况且军队里经常有藏龙卧虎之士。他抽出腰间的断月宝剑，道，“此剑赐予你，拿去杀敌。”

段萧接过宝剑，向小武走去。

“我刚入伍不久，还没杀过人，”段萧望着小武说道，“希望今天能杀一个。”

小武奇怪地看着对方，他的战袍是最低级的银白色，握剑的姿势一看就不是行家。

“滚，你不配我出手。”小武喝道。

段萧铁青着脸，咬了咬牙，向小武挥剑斩出，速度之慢，破绽百出。

小武懒得与之纠缠，手中寒光亮起，便刺向对方。

段萧的举动出乎所有人的意料。在小武向他刺过来的时候，他并没有躲闪，而是迎着刀光扑了上去。长刀自前胸刺入，从后心穿出。就在这一刻，他伸出左手抓住了长刀，在全身力量消失之前，挥剑斩向小武的右手腕。

小武吃惊之余，迅速躲开，但还是受伤了。他立马撕下一片衣襟裹住了伤口。

“这不是比武，是在拼命。本事虽不济，勇气却可嘉。不过这个玩法，恕不奉陪了。”小武仍旧笑着，但笑容中却有一丝慌乱。

“想走？你走得了吗？”祈辉怒道。他感到心中一阵痛楚，愤怒已然替代了对小武的怜惜。绝世高手可寻，但忠诚的死士更得之不易。“杀，诛杀此人者赏百户奴。”他的嘴唇已经被牙齿咬出了血。

楼兰的士兵们早已怒不可遏，此刻又被段萧的死激起了战斗之心。

一阵密集的箭雨飞向小武。

小武举刀格挡，毕竟右臂刚失，仓促间右腿连中两箭。

士兵们见状蜂拥而至，如林的刀枪封住了所有的退路，留下的只有通向另一个世界的死路。

小武仰天长啸，黑暗中的林海亦响起雷鸣般的轰隆声。只见他黑色的瞳孔猛然发出了微红的光芒，左手的刀光陡然暴涨了三尺，且刀光所向，刺来的武器纷纷被斩断。借着楼兰士兵惊愕的瞬间，小武纵身跃上了树冠。

看到小武的身形快要消失在铁岩木黑黝黝的树冠中，祈辉正懊悔，却见身边闪出一道黑影随着小武冲入树冠。

小武向来对自己的轻功极为自信，如同迷宫一般的树冠就像自己的家。只要藏入树冠就可以躲开敌人的追击，这是小武早就盘算好的。一个优秀的猎人总会为自己留好退路。

但是，他没有想到那道黑影来得如此的快，丝毫没有受到枝杈的阻隔。他明白，黑影才是真正的劲敌。

小武此刻已无心恋战。一来，他插着羽箭的右腿开始变得沉重；

二来重伤的右腕疼痛难忍，随着血液的流失，身体越来越无力。于是，小武咬了咬牙，把真气注入左掌，手中的刀光立时幻化为四道向黑影掠去。

从来没有人能逼小武使出四影刀，因为他从来没有遇到过对手。可如今在他最狼狈的时候，强大的对手却出现了。

不可思议的是，那黑影竟穿过了四道刀光。

小武只看到一双令人恐惧的红瞳，接着胸前被重重一击，身体一下失去控制，从树冠里掉落下来……

楼兰士兵们没有找到小武的尸体，这个雪藏族少年好像融化在林海中了。

黑衣老人落在祈辉身旁，衣摆没有丝毫的颤动，仿佛他始终站在那里没有动过。

“中了我的摧心掌，他逃不出林海。”

天色渐亮，楼兰军队在原地安营扎寨。

进入雪藏高原以来，由于没有强敌，又为了便于行军，营地一直布置得很简单。此时，他们恢复了两军对垒时防御严密的军营形制。营帐设置互为犄角，形成环形防御体系。营地周围虽然因林中冻土无法挖掘壕沟，但捆绑了大量绊马索，还利用倒下的铁岩木布置了暗哨，巡逻的警卫也比平时多了三倍。

初入高原时，许多人在抱怨，一次简单的任务竟然需要百余人，而且尽是帝国的精锐。融哲虽然难对付一些，但也未免有些小题大做。此刻，见识了敌人的厉害，士兵们不禁心惊，多日来的劳累也被一扫而光。仅从那小孩独自一人诛杀三员大将、二十余楼兰铁骑，重伤之下还能遁走，就足以令人胆寒。还有这寂静的森林，仿佛有千军万马埋伏其中，让人感到恐惧。

祈辉的帐篷设在营地中心，与其他将士的帐篷没有任何区别。

帐篷内，祈辉和黑衣老人围坐在火盆边。火盆上挂着的茶壶冒着白色的水蒸气。

帐篷里很温暖，祈辉的手却是冰冷的。

“小武的尸体还是没有找到。”祈辉把盛满紫根茶的杯子握在手中暖着。

黑衣老人望着红彤彤的火盆不语。

“师父的功力，我是知道的。只是这个叫小武的……”祈辉微合双目，“笑对千军，千军胆寒……真是绝代的英杰。可惜呀，此人不能为我所用。”

“王子有爱才之心是好的，但是总有一天王子会君临天下。到时，王子所需要的是忠心耿耿的臣民，而不是文武超群的英雄。这点道理王子自然是十分清楚的。”黑衣老人道。

“谨听师父教诲。”

“老夫一个粗人，浪荡一生，终无所成，也只能教给王子一些粗浅功夫。至于其他，王子天资聪慧勤勉刻苦，已非老夫所能传授。”

“师父谦虚了。”

“老夫在垂死之际蒙你父王所救，为着楼兰的千年盛世，心中早将这把老骨头置之度外。”黑衣老人的脸上仍然戴着面具，看不清表情，只是声音甚为苍凉。

一时，两个人都沉默不语。只有茶壶里的水咕嘟地翻响，帐篷里飘着紫根茶苦涩的茶香。

“小武一身猎户装扮，又是独自一人，看来是当地的土著民族无疑，”祈辉道，“黑水和无风武艺超群，死在他们手下的上将不下十人；胡烈为我朝悍将，向来罕有对手。但是，他们在小武手下走不过一个回合。若非我亲眼所见，当真让人难以置信。”

“小武杀死胡烈的那一招看似简单，但是准确地抓住了胡烈铁锥和匕首配合间的致命弱点，换了别人是破不了胡烈的招式的。真正置胡烈于死地的是小武的力量和速度，没有速度，长刀定然快不过匕首，没有力量，踹在铁锥上的那一脚不但伤不了胡烈，反而会被其所伤。”黑衣老人判断，“以小武的年纪，身上的武艺绝非后天练就，而是天生异质。”黑衣老人说到此，眼睛一亮，“我倒想起来了。远古时候，曾经有一个小部族，族人的体质与常人大不相同，几乎个个都是神勇无敌的战士。传说他们以三千人对阵雷朝的十二万大军，致使雷朝士兵死伤八万之众。不过，据说这个部族也在那次战斗中灭亡了。难道他们竟蛰伏在雪藏高原之上？”

风声从帐外传来，不是尖啸声，而是似千军万马奔腾的隆隆声。

祈辉饮了口茶，说道：“即便如此，我们与这个部族素无来往，更无恩怨，这个小武为什么会冒死阻拦我军？难道和米兰有着什么联系？”

“也只有这个解释。”黑衣老人沉吟道，“如此，融哲的死也就有了解释。”

“小武就是杀死融哲的人？”

“不可能，”黑衣老人摇头，“杀死融哲的武器是长矛，而小武用的是刀。”

祈辉的声音凝重起来：“一定是米兰遇到了这个所谓雪藏族的人，并得到了他们的帮助。一个小武已然如此棘手，如果面对整个雪藏族，我们恐怕……”

“应该不会那么糟，从我们追踪的足迹看，只是一人一骑。以米兰的体质，肯定会坐在马上，那么跟随她的就只有一个人。至于小武，很可能定是他们在半路上遇到的，承诺来拖延我军。只要能够在他们与雪藏族人会合之前追上，事情就好办了。”

“凡事必从坏处谋划。”

“王子也不必过虑，莫要小瞧了帝国大军。他们南征北战还从未碰到过对手，此前的失手不过是轻敌所致，”黑衣老人的目光闪烁，“况且我们还有一位真正的绝世高手。”

祈辉释然一笑，道：“师父为帝国国师，神功盖世，我确实多虑了。”

黑衣老人摇头，“老夫已是风烛残年，没有多少日子好活了。老夫说的高手就是王子您自己。”

“师父说笑了。”

“四年前王子就已把老夫的这点本事皆尽习去，恐怕早已青出于蓝。况且此刻又有裂天刃在手，放眼天下，还有谁能是王子的对手呢？”

两个人不动声色地对视着，流露出复杂的眼神。

帐外传来甲胄碰击的声音，一个气喘吁吁的士兵跪倒在帐前。

“找到小武了？”祈辉收回目光，扭头问道。

“没……没有，”士兵一愣，又道，“但是，我们找到了此前追踪的足迹。”

五、星坠冰原

萨荆和米兰用五天时间翻越了寂静岭。

在一段陡峭的悬崖上，萨荆捕获了一只独自徘徊的岩羚。岩羚从来都是成群结队的，这一只却独自出现在险峻的峰顶，看来是在寻找同伴。望着岩羚的眼神，萨荆忽然有一种异样的感触。他放掉了岩羚，看着它蹦蹦跳跳地消失在山的另一侧。

抵达寂静岭峰顶的时候，夜幕降临。经历了天啸林海的暗无天日，寂静岭的夜色是异常美丽的。站在峰顶，他们仿佛处在天与地的交界处。大地是黑沉沉的，远远地陷落下去。几条冰河散发着微弱的银色光芒，在黑暗中蜿蜒。夜空是透明的暗蓝色，空灵而明澈，群星不再朦胧，而是像一颗颗五颜六色的宝石，布满了天空……

旅程在继续，寂静岭之后，萨荆和米兰又翻越了两座山脉，穿过了三道冰河和两片草原……

天空是那么的繁忙，太阳与星斗交替变换，满天的云彩飞快地幻化成各种各样的图案。

旅程是那么的单调，短暂的休息和进餐后，仍旧是漫无止境的旅程。

是什么支持着他们？萨荆看上去是轻松愉快的，似乎希望永远就这样走下去。米兰呢？她好像并不快乐，但脚下的方向坚定、执着。

追赶他们的敌人始终没有出现，他们的紧迫感渐渐松懈下来。于是，不觉间，两人行进的速度也慢了下来。

他们又接近了一道无名山脉。比起他们曾经翻越的山脉，这道山脉低矮了许多。但是，他们面对的却是如刀削般陡直的峭壁，根本无法攀登。

于是，他们不得不改变方向，沿着山脚下的一道冰河前行。

萨荆记得有一条河谷可以穿越山脉。但是，他们走出了很远，绵延的山脉依然没有尽头。

萨荆开始怀疑是自己记错了。

忽然阿麟兴奋起来，它渐渐加快了脚步，四蹄在冰河上敲击出富有律动的欢快节奏。它径自偏离了方向，走出冰河，向山脉走去。

在一道冰瀑前，阿麟停住了脚步，不断刨击着地面。

萨荆恍然大悟，今年的夏季比往年寒冷，冰河没有解冻，而一场意外的雪崩又恰恰遮盖了狭窄的河谷。

他取下长矛猛力凿击冰瀑，没几下，一小片冰壁破碎开来，露出一个幽深的洞口。

河谷变成了一条横穿山体的冰洞。

萨荆点燃了火把，领着阿麟步入洞中。他们前进得十分缓慢，洞内崎岖曲折、凹凸不平。洞顶时而低矮得必须拓宽才能通过，时而又陡直地向上插着冰层，有一段甚至能隐约看到明亮的天空。

这个冰洞是十分危险的，它的结构极不稳定，一点响动都有可能引发灾难性的雪崩。

他们小心翼翼地尽量不发出响动，当走出冰洞时，衣襟已被汗浸透。

湛蓝的天空再次出现时，眼前的大地已经变化为一片辽阔无比、白雪皑皑的冰原。

这时，如果引发一次雪崩来封住冰洞，就可以轻而易举地阻挡敌人，但是萨荆只顾带着米兰走向冰原，却忘记了身后的危险。不久的将来，他将为这个失误付出沉重的代价。

星坠冰原是雪藏高原上最特别的一块盆地。它处在莽莽群山的环抱之中，紧靠着天柱山脉，面积不大，呈极规则的椭圆形。

几百万年以前，一颗不知名的小行星脱离了环绕星系的小行星带，在恒星引力的牵引下，逐渐靠近星系内缘。这颗小行星原本与古陆不会有交集，但宇宙间复杂、神秘的力量使它一次次改变轨道，并最终与古陆的轨道相交。

如果小行星与古陆相撞，那么整个古陆将彻底毁灭，同时，撕裂的星球碎片会在星系内部重新形成一个小行星带。但就在小行星接近古陆的时候，无形的力量又使小行星破裂为数块。大部分碎块虽没有落在古陆，但还是有一小块掉落在古陆。这块小行星的碎块劈开了天柱山，撞击在山前的平原上。

这是一次惊天动地的撞击，整个古陆都为之颤动。数年后，一个庞大的石坑出现在群山中，这就是星坠冰原的雏形。

沧海变桑田，富饶的古陆也因这次撞击变得贫瘠而荒芜，生机勃勃的雪藏高原亦被冰雪覆盖，归于沉寂。曾经生命绝迹、寸草不生的星坠冰原反倒因为特殊的环境成为极少数生命的栖息地。

萨荆和米兰穿过无名山脉，沿着地形缓缓向下，向着冰原的腹地，向着远远的天柱山前进，而幻雪峰还在天柱山之后的极其遥远的地方。

脚下的平原依然被积雪覆盖，但雪层的厚度逐渐变薄，积雪下的土壤也不再是坚硬的冻土，而是踩上去有了些弹性。空气也少了些干涩寒冷，有了一丝湿润的暖意。

走了两天，周围的山脉渐渐升高，天空也仿佛愈加空旷，冰原却日益向地下沉去。

有几次，萨荆看到远处有几个黑点一会儿露头，一会儿又消失不见。那是星坠冰原特有的灵鼠，它们谨慎而又小心地观察着陌生的访客。

萨荆对这些猎物显得不屑一顾，在冰原上费尽力气抓一只灵鼠还不够塞牙缝，并且要想品尝灵鼠的美味还需要特别的办法，简直得不偿失。

再走下去，冰原上不再单调，偶尔有一两株龙松树形单影只地屹立在空旷的雪原上。这些龙松树生长在星坠冰原的边缘，生性坚忍耐寒，最爱向严酷的风雪挑战。

此时的冰原表面也有了变化，积雪有了融化的迹象，一些地方露出小块的黑色土壤，挥发的水汽蒸腾为淡淡的薄雾。仔细看去，有些土壤里还点缀着星星点点的绿色。这些不知名的绿色看上去非常脆弱，一场风雪都会将它们吞噬，但它们的生命力又是顽强的，顽强到能够在严酷的雪藏高原上萌芽。

萨荆牵着阿麟小心翼翼地躲避，生怕踩到这些无比珍贵的生命。

傍晚宿营后，萨荆在一株龙松树下找到了一个隐藏的灵鼠洞，便轻而易举地捕捉到了十几只肥肥的灵鼠。

在用龙松树的树枝堆就的篝火上，萨荆把剥干净的灵鼠串起来烧烤。树枝燃烧的青烟混合着烤肉的香味，飘出很远。

烤肉虽少，但已经足够让啃了很久冻干粮的旅人心满意足。

这一夜，他们睡得很香。

空中没有一丝风，星光覆盖在他们身上，仿佛一床柔软的锦被，而身下的大地温暖又湿润。

他们醒来的时候，太阳已升至半空，散发着耀眼夺目的光芒。碧蓝的天空被阳光擦洗得一尘不染，巍峨的雪山反射着闪闪银光，仿佛身着银甲矗立在大地之上的擎天勇士。

晴朗的天气使萨荆的视线看得更远。在他们的前方，星坠冰原的腹地，是一片生机盎然的绿色，绿色深处似乎还有一个亮晶晶的湖泊。

昨夜的好眠使他们一扫多天来的劳累。再次踏上路途的时候，他们精力充沛，神采奕奕。尤其是阿麟，还在无名山脉的时候，它的兴致就很高。现在，阿麟就像一只挣脱牢笼重获自由的小鸟，一路小跑着向那片绿色奔去，把萨荆远远地甩在身后。

萨荆理解阿麟，因为星坠冰原是阿麟的故乡。奇怪的是，自阿麟的祖辈起它们就已经跟随雪藏族四处漂泊。阿麟出生在遥远的三江河谷营地，从未到过星坠冰原，也许是根植于生命深处的某些记忆此刻被激活了吧！

走了半天的路程，白色的冰雪消失了。他们已经置身于一个绿色的世界里。

茂盛葱郁的草地从脚下蔓延成了辽阔的草原。草原上间或生长着一片片龙松树林，这些树林面积都不大，间隔也很稀疏。

草原上，林地间，岩羚、袋羊和雪鹿东一只西一群地各自活动，还有一些萨荆叫不出名字的动物。它们有的只顾自己觅食，有的好奇地抬头向他们张望，却没有一只因为他们的到来而惊慌或奔逃。

萨荆注意到草原上的动物都是温顺的食草动物，没有一只凶恶的食肉动物。他依稀想起族里老人们说过的话，星坠冰原是银光骑的领地，它们世代守卫在这里。无论多么凶猛的野兽来犯，都会葬身在它们锐利的独角下。

银光骑虽然是雪藏族的坐骑，但彼此之间是伙伴关系。每隔数十年，人们在缺少坐骑的时候会来到冰原上。但是，他们并不是来捕捉银光骑，而是与这些富有灵性的生物在这里相处一段时间。之后，一些与人类建立了友情，愿意走出冰原的银光骑就会和人类一同离开。

它们一旦离开，就不会再回来。

萨荆在一片林边找到了跑远的阿麟。它异常兴奋，浑身的鬃毛散发着银色的微光，褐色的独角因为充血而转为暗红色，一双晶莹的黑色瞳孔中映着水墨般的草原和修长的树木。

阿麟时而垂头在草丛间低嗅，时而昂首向四处张望；时而在草原上撒欢地奔跑，时而在林间驻足站立。不仅如此，阿麟顽皮地追逐着其他动物，但追上后又目不斜视地从它们身旁缓缓走过，一副骄傲矜持的样子，像极了一位巡视国土的君主。阿麟乐此不疲地在草原上嬉戏、奔跑，在它背上的米兰没有感到一点颠簸。但没多久，阿麟就出了一身汗水。

萨荆叫回了阿麟，抚摸着阿麟被汗水浸湿的长鬃，轻轻拍了拍它的额头。阿麟懂事地曲下四肢，放米兰下来，而后望了一眼他们，便又欢快地嘶鸣着跑开了。

萨荆在林间一小片阴凉干燥的空地上铺开一块兽皮，扶着米兰坐下。不必捕猎，也不用生火，一些树上结着的硕大的果实，滋味甜美，足以果腹。

一会儿工夫，阿麟已经跑得没了踪影。

萨荆等了很久，也不见阿麟回来，便有些心急，不禁苦笑道：“还没见它这么开心过呢，这下可玩野了。”

“万物有灵，动物的灵性不亚于人类，它们选择的生存方式才真正体现出生命的快乐，”米兰轻声叹息，“不像人类，太过复杂，反倒失了生命的真谛。”

直到黄昏，阿麟才出现在一道缓坡后面。但是，阿麟并不是独自回来的。在阿麟的身后，跟随着七八匹银光骑。它们的毛色跟阿麟一样雪白，掠过草原的时候就像空中飘浮的白云。其中，有一匹看上去比阿麟更年轻，更漂亮，只是少了些许雄壮。它紧紧尾随着阿麟，不时用颈上的鬃毛蹭蹭阿麟的身体。

阿麟缓步靠近萨荆，在他身边来回踱步，眼中仍流露着兴奋。其他银光骑纷纷驻足，默默望着他们。那匹年轻的银光骑低声清啸，似乎是在呼唤阿麟。阿麟闻声，又跑回它的身边，与它交颈并头。

片刻，阿麟又向萨荆靠近，并不时回头等待新的同伴。年轻的银光骑羞涩而又谨慎地缓缓靠近萨荆和米兰，阿麟用头轻触它的脖颈，以示鼓励。

“阿麟带新的同伴来接我们了。”萨荆朗声笑道，“你的这个伙伴就叫麒麒吧。”说着，他伸手去摸麒麒的额头。麒麒一惊，侧头闪开。须臾，麒麒才勉强让萨荆摸了摸。

“没关系，我们会熟悉的。”萨荆开心地道。

说罢，他把米兰扶上阿麟的背，然后收拾好行囊，刚想跃上麒麒的背，没承想，麒麒大惊，后腿猛力一蹬，把他甩了出去。

这种情况是萨荆没有遇到过的。记得刚懂事的时候，父亲把自己放到阿麟的背上，阿麟不仅兴奋地接纳了自己，带着自己在雪地上小跑，还不时回头拱着他的小手。这一次，任萨荆使出浑身解数，阿麟怎么安抚，麒麒都不肯让他骑在背上。萨荆明白，自己和麒麒之间没有缘分。也许有一天，会有一个年轻的猎人来到星坠冰原把麒麒带走，但那个人绝对不会是自己。

无奈之下，萨荆只得像原先那样，在阿麟的带领下，徒步向草原深处走去。

萨荆觉得，麒麒虽然对阿麟十分亲热，但不知为什么，它总是有意避开自己。

也许在生命降生的那一刻，命运就已经注定。此刻，在萨荆暂时带领下的这只奇特的队伍悠闲地漫步于星坠冰原。有谁会知道，十年之后，阿麟和这支队伍中的许多银光骑会随着萨荆和其他雪藏族勇士，驰骋在古陆世界，用鲜血和铁蹄演绎着生命的悲歌；而米兰和小武再次来到星坠冰原的时候，麒麒一眼认出了他们，并毅然随同他们踏上了更为艰险的旅程。

黄昏时分，萨荆一行来到树木掩映的栖霞湖畔，这里位于星坠冰原的底端，背靠着高耸入云的天柱山。

天柱山是古陆十八座万米高峰之一。它的主峰很特别，是小行星撞击古陆，劈开天柱山，从而形成的两座主峰。

萨荆在湖畔意外地发现了一排无人居住的木屋。木屋背靠树林，面对湖水，虽然简陋，却和周围的景致十分和谐。

萨荆牵着米兰走到木屋前，看到木屋里的地上竟铺着柔软干燥的草，不禁有些疑惑。但他还是牵着米兰走进木屋，扶米兰坐下。接着，萨荆走到木屋后面的树林摘了一些浆果，便又返回。

一直跟着萨荆的阿麟和其他银光骑见萨荆和米兰在木屋休整，便缓步走开，但它们并未走远。

随着天边的最后一抹晚霞消散在空中，天色迅速暗淡下来。

吃过浆果，萨荆安顿米兰在木屋中睡下后，自己也找了间木屋休息。

今天的晚餐算是多天以来最丰盛的，居住的木屋也十分舒服。加之，外面又有银光骑的保护，萨荆本可以安然入睡，可是他迟迟不能入眠，他总感觉今晚会发生事情，而且是与阿麟有关的事情。可是，到底是什么事情呢？萨荆不知道。

在这样一种困惑中，萨荆昏昏睡去。

睡到半夜的时候，萨荆突然醒来。他觉得心中十分不安，于是抓起身边的长矛，轻轻推开了房门。

下一刻，他被眼前的景象惊呆了。

在距离岸边不远的湖水中，米兰正在沐浴。而湖水在满天的星光映衬下，像镜子一样明亮。女孩裸露在外的肌肤如凝脂般白皙，乌黑的长发漂浮在水中，一圈圈的涟漪随着指间撩水的动作依次晕开。这一切美好得就像是一幅画。

萨荆不禁呆住了，眼睛眨也不眨地望着米兰。此刻，他的心中涌起一个念头，那就是他要用生命去保护米兰。

不觉间，阿麟出现在湖边，口中衔着米兰的衣服，向她走去。

米兰穿好衣服后，取出一块手帕打湿，轻轻地为阿麟擦洗着身体。

岸边又出现了许多银光骑，它们向着湖中走去，在米兰和阿麟附近驻足，无声地注视着他们。

忽然，阿麟仰起了头，身体发出一团白光，光芒越来越盛，照亮了整个湖面。随后，白光又渐渐暗淡，直至消失不见。与白光一同消失的还有阿麟。

萨荆看着眼前类似某种仪式的情景，虽不明白怎么回事，但他知道这一定对银光骑极为重要。于是，他又轻轻地合上了门。

一夜过去。

萨荆早早醒来，步出木屋的时候，群星已然褪去，朝阳还被天柱山挡着，天色比午夜时还要昏暗。

他在屋前的一个木墩上坐下，望着毫无波澜的湖水发呆。昨夜的情景历历在目，又恍然如梦。

“我们是不是该出发了？”身后响起了米兰的声音。

“是啊，”萨荆道，“下面的路没有那么好走了。天柱山的险峻在雪藏高原上是出了名的。”

“阿麟回来了吗？”

“没有……”

米兰若有所思地点了点头，道：“它会回来的。”

“只是下面的路？”萨荆担心地望着米兰单薄的身子。

“困难只在人心里，并不在脚下。”米兰释然地笑了笑。

他们收拾好行囊，刚要准备离开木屋，阿麟的身影迎着黎明的第一缕曙光从树林中缓步而来。

阿麟走到米兰身边，曲下四肢，示意米兰上去。萨荆注意到，阿麟身上的鞍辔已经装备整齐，这些物件都是他亲手做的，可今早是谁把这些物件放到阿麟身上呢？不仅如此，萨荆还发现阿麟的眼神、举止都透露出不容侵犯的威严。是什么让阿麟发生了这么大的变化呢？萨荆不知道。

萨荆牵着驮着米兰的阿麟离开了栖霞湖畔，穿过环绕湖泊的树林，向天柱山走去。

一路上，萨荆看到附近的银光骑不断地从四面八方走来，默默跟在他们身后不远处。阿麟走在萨荆身边，一定也知道同伴们在为它送行。但是，阿麟只是垂头向着雪山的方向前进，始终没有回头。

身后聚集的银光骑越来越多，有几千匹之众。萨荆还从来没有见到过这么多的银光骑。

离开栖霞湖很远了，已经接近草原的尽头，前面白色的雪山隐约可见。成群的银光骑还没有回去的意思。

阿麟忽然驻足，昂首发出一声长啸。只见后面的银光骑也停下脚步一同长啸。

在此起彼伏的啸声中，阿麟又迈开了脚步。这一次，银光骑不再跟随，只是默默目送着他们。

草原已经看不见了，他们又置身于苍凉的冰原之上。远处的天柱山依然很遥远。

萨荆忽然看到，在他们左侧的一道高坡上站立着一匹银光骑翘首张望，洁白的鬃毛在风中飘荡，竟是麒麒。

阿麟一定也注意到了。萨荆感到它的脚步慢了下来，身体也在微微颤抖。终于，阿麟停下了脚步，回首望着麒麒。

它们一动不动，时间似乎在注视中凝固了。

萨荆在一块石头上坐下来，他不忍心去打断它们，同时他的心中也泛起一丝异样的情感，他不禁抬头看了看米兰。米兰似乎知道发生了什么，坐在阿麟背上垂首不语。

而阿麟在看了麒麒最后一眼后，便重新踏上了路途，并逐渐加快了步伐。萨荆看到阿麟的眼睛湿润了，但是阿麟再也没有回头。

又走出了很远，萨荆回头望去，只见一个孤零零的白点伫立在地平线上。

六、天柱双峰

在刺骨的冰雪和凛冽的寒风中，萨荆一行度过了在星坠冰原的最后一夜。

萨荆好不容易点燃了篝火，却被一阵风轻易地吹灭了。无奈，他们只得挤在一个背风的冰窝里和衣而睡。

其实，萨荆没有一点睡意，只是望着夜空发呆。他的世界原来只有冰雪、寒风、荒原、陡峰和凶猛的猎物，从未想过有一天自己的世界可以是另外一个样子——绿色的草原与丛林，清澈荡漾的湖泊和温暖湿润的空气。萨荆不明白族人为什么不迁徙到星坠冰原，甚至还有意避开这里？

低温和寒风实在让人无法入睡。时至半夜，萨荆一行便上路了。

天柱峰顶的晨曦，揭开了新的篇章。随着天光越来越明亮，远方的无名山脉逐渐显露出起伏的曲线。而此时的星坠冰原还沉浸在黎明前的黑暗中，等待着远方的第一缕阳光。时间慢慢流逝，星坠冰原和天柱山脉终于迎来了自己的第一缕阳光。但是，天地间仍然是冰冷的，在这冰封的大地上，即使盛夏的烈日也无法驱散永恒的寒冷。

在攀上山脚下的一座丘陵后，萨荆回头俯瞰阳光下的星坠冰原。他发现有一支队伍在冰原上移动，一开始，他以为是草原上的银光骑仍在恋恋不舍地跟随。但是，他马上意识到，银光骑是白色的，而尾随来的队伍是灰黑色的。萨荆立马警觉起来，这支队伍恐怕就是一直在追赶他们的楼兰军队。

“他们来了。”萨荆说道。

“我感觉到了。”米兰表情严肃。

“希望他们还没有发现我们。”

“别抱幻想，他们对我们的行踪一清二楚。眼下，我们还是加快速度吧。”

“只好如此了。”

中午时分，在越过了天柱山脚下的丘陵地带后，萨荆失望地发现，身后的楼兰军队与他们相距不过两座丘陵。他能够清楚地看到那面在风中招展的黑色玄武王旗和簇拥在旗下的楼兰士兵了。

依照现在的速度，萨荆一行还没有进入天柱山就会被楼兰骑兵追上。毕竟训练有素的战马，其速度可见一斑。

萨荆一时有些束手无策。一两个对手或许还能应付，可对方是有百余人的军队，而且听米兰说军队中都是身经百战的楼兰精兵。自己该如何抵挡呢?

正心急间，萨荆忽然看到，在楼兰士兵后面的山坡上出现了一群银光骑。如果说楼兰士兵是黑色的疾风，那银光骑就是银色的闪电。只见银光骑以极快的速度从楼兰士兵侧翼飞驰而过，占据了萨荆与楼兰士兵之间的丘陵，将双方分隔开来。

银光骑伫立在山丘之上，仿佛一支严阵以待的骑兵沉着地注视着疾驰而来的楼兰士兵。

而银光骑出现，使得楼兰士兵暂时停下了脚步。

“阿麟，”萨荆兴奋地喊道，“你的同伴来帮助我们了。”

此刻，楼兰骑兵与银光骑的对峙，激起了萨荆战斗的欲望。那一刻，他真想加入银光骑的阵营，与楼兰骑兵进行一场殊死搏斗。可是，萨荆很快就冷静下来。银光骑既然没有从后面袭击楼兰骑兵，就说明它们的目的只是想拖延住他们。

想到这里，萨荆示意阿麟继续前进，自己也加快了脚步。很快，他们的身影消失在大山深处……

银光骑刚出现的时候，祈辉还以为是雪藏族的骑兵。但是，当他看清银光骑的背上没有骑兵时，他松了口气。可转念一想，银光骑在古陆凤毛麟角，这里竟然足有数千匹。如果以它们为坐骑，组成一支楼兰骑兵，那一定会成为古陆所向披靡的力量。

梦想总是美好的。当银光骑阻挡在大军面前时，祈辉才意识到，它们是满怀敌意的。

自古以来，不可多得的宝马都只是以速度和耐力见长。银光骑头上的独角虽然是令人生畏的武器，但战斗需要的是足够的技巧和经验，而这正是银光骑所不具备的。

为了慎重起见，祈辉还是派出了二十名骑兵，组成两个小队，分别处于队伍左右，保持着十步的间距。接着，在白色战旗的旗语下，两个小队从山坡向对面山丘——银光骑的中心——直插过去。为了对付银光骑的独角，祈辉让士兵动用了红缨长矛。可以预想，对方在进攻时长矛会率先刺穿银光骑的身体，使银光骑失去战斗力。到时，祈辉的后续部队就会发起攻击。

但是，事与愿违。当楼兰的两个小队冲下山坡，行至两座山丘之间，并向银光骑所在的山丘冲锋时，数十匹银光骑从两翼奔驰而出，竟绕到楼兰骑兵背后发动了攻击。它们的速度快得不可思议。两个小队根本来不及调整队形，替换长矛，就在银光骑的攻击下，全军覆没。而进行攻击的银光骑毫发无损地回到了自己的阵营。

这场战斗干脆利索。

祈辉望着眼前的景象，扭头对黑衣老人道："师父，您有什么想法吗？"

"以己之长，击彼之短。这些白毛兽聪明得很哪。不过畜生毕竟是畜生，要想击败它们并非难事。"黑衣老人略一沉吟，望了望祈辉，"银光骑倚仗的武器看似是利角，实际上是速度。如果没有风驰电掣的速度，它们和普通的战马并无区别。"

"但是，此刻它们占据了有利地形。无论从哪个方向向我们进攻，它们都会极具冲锋的优势速度。看来，这些银光骑很清楚自己的优势。"

"这简单，只要将银光骑诱至四面环山的谷地中，就可轻而易举地全部歼灭。"

"全部歼灭？师父，您没弄错吧？银光骑素来珍贵无比，要是能为帝国所用，那可是一大助力啊。"祈辉激动地说道，"再说，它们刚才并没有从我军背后发起攻击，可见其目的是阻止我军的去路，并非与我们鱼死网破。"

黑衣老人不语，黑色的面具后面闪着幽深的目光。

“传我号令，”祈辉对旗牌官说道，“全军后队变前队，退出这片冰原。”

面对当前的情形，祈辉心里已然有了主意。既然已经确定与米兰同行的只有一人，就没有什么好担心的了。现在暂时撤退，等到晚上再悄悄绕过这些银光骑，继续前进。前面是危险重重的雪山，谅他们也跑不出多远。反倒是这些银光骑平白无故与我为敌，竟让人有些难以琢磨。

莽莽群山之中，几个黑点不停地移动。起伏的山脊、陡峭的绝壁、深邃的峡谷，都留下了他们的足迹……

三天过去了，在上山下山的单调重复中，萨荆一行穿过了天柱山脉的附属山峰，向天柱山主峰进发。

不知不觉间，山势越来越高。回头看去，整个雪藏高原是那么的遥远，山峦和冰原似乎都缩小了，栖霞湖就像是一颗晶莹的水珠。可是，眼前巍峨的天柱山主峰占据了视野，让人看不到尽头。

阿麟虽然不善于攀登，但是轻盈的身体和与生俱来的敏捷使它一直行在最前面。登上一道山脊之后，它停下来等待萨荆。

萨荆过了一阵，才赶上来。行进之中，他始终保存体力。

天柱山稀薄的空气、极低的温度和危险重重的山峰，对雪藏族人来说是莫大的挑战。萨荆曾经随族人有过两次翻越雪山的经历，每一次都有族人永远留在了雪山之中。

而这一次，他们是在几乎没有准备的情况下进入雪山的，并且没有同伴们的帮助。萨荆得做好独自面对突然出现的危险的准备。

萨荆跟上阿麟后，并没有歇息，准备继续前进。可阿麟没有动，而是面向萨荆来时的方向。萨荆一愣，回身望去，不禁皱了皱眉。一支楼兰骑兵出现在他们后面的山峰上。

萨荆默默地摸了摸阿麟颈上的鬃毛，示意它继续前进。

更大的危险已经临近，萨荆必须去面对，那是他无法回避的宿命。

接下来的两天，萨荆不顾疲惫和困倦，也不管阿麟和米兰是否坚持得住，只是毫不停歇地攀登、攀登、再攀登。不论白天黑夜，速度虽然不快，却没有一丝停顿。

这段时间，萨荆除了埋头赶路，始终沉默不语。他的心乱作一团，所有能够摆脱困境的办法，他都反复思量，却没有一个办法可行。

群山簇拥的天柱山主峰终于在他们面前展现。主峰立于群山之巅，俯瞰大地。

他们已经置身于主峰的山坡之上。这是一道坡度平缓，且绵长的山坡。如果说天柱山主峰是一座冰砌的城郭，那这道山坡就是城郭的城墙。

萨荆脚下是厚厚的冰雪，看不到一块岩石。常年形成的雪层，表面被山风吹得极为平整。在其他的山峰上，萨荆还能偶尔看到其他动物的足迹，但是这里却没有丝毫生命活动过的痕迹。显然，这里已经是生命的禁区。

过了这道坡，就到了天柱山主峰的山腰。再向上，穿过沟壑纵横的旭日冰川，沿着崎岖的山缝攀上右侧的主峰。然后，经过连接两座主峰且只能容一人通过的飞来石，到达左侧主峰。最后，顺着左侧主峰较平缓的后坡越过天柱山。

前路艰险，萨荆的脚步慢了下来。每走几步，他就小心翼翼地用长矛试探着前面的冰层。

米兰似乎感觉到了雪山和冰川所蕴藏的危险。然而，真正的危险是身后始终尾随着他们的楼兰骑兵。他们随时都可能扑上来，将自己吞噬。米兰的身体不禁微微颤抖。她慌忙中去寻找萨荆，想从他那里得到依靠。可是，她发现萨荆的心里也异常慌乱。

萨荆正在试探着前行的路径，忽然看到米兰向自己伸来无助的手。那一刻，萨荆从连日来的心烦意乱中醒来。他知道，必须要依靠自己的力量战胜眼下的困难。即使死去，也必须像先辈们一样在死亡面前临危不惧、拼死抗争。

萨荆抬起头，看着米兰苍白的面孔，说道:“是不是太冷了？把我的皮氅给你吧？我们已经看到峰顶了，很快就可以翻越。”

“他们就在我们身后，就快，就快……”

“没事，没事，有我在呢，别怕。”萨荆伸出手抚摸着米兰的脸庞。

此时的米兰在萨荆面前，只是一个柔弱无助的女孩子，而非神圣的圣女。

萨荆搀扶着米兰从阿麟背上下来。然后，两人和阿麟一起，缓慢地向冰川前进。

在他们身后不远的地方，一群楼兰骑兵簇拥着黑色王旗出现在冰川上。他们在雪地上疾驰，嗒嗒的马蹄声回荡在寂静的山谷间。

萨荆的嘴角露出不易察觉的冷笑，他回身望着奔来的敌人，神情自若。

双方只有一箭之地。领头的楼兰士兵从马背上站起，张弓搭箭，瞄准目标。

就在羽箭射出的一瞬，大地突然裂开一道宽阔的冰缝。奔驰中的战马来不及反应，就连同马背上的士兵，一头撞入冰缝之中。紧跟而来的三名士兵收势不及，在惨叫和马嘶声中，接连坠入冰缝。其他的士兵拼死勒住战马，才勉强在冰缝边缘停下来。此刻，他们顾不得追击萨荆等人，纷纷向冰缝张望，忙乱地准备绳子等物，搭救同伴。

激怒了冰雪女神，就会受到严厉的惩罚。旭日冰川看上去平坦宽阔，但在平坦的冰层下面隐藏着数不清的万丈深渊。

射来的羽箭早已失了准头。萨荆搀着米兰继续前行，对身后的动静漠不关心。但萨荆知道，吃了苦头的楼兰士兵再也不敢肆意地纵马驰骋。在旭日冰川的威严之下，他们只能放慢行进速度。在旭日冰川，萨荆一行至少暂时没有了危险。

穿过旭日冰川，来到了天柱山右峰陡直的山体前。萨荆顺利找到了曾经走过的那条山缝。山缝就像一条天然的栈道，在不可攀缘的峭壁上蜿蜒伸展。这是通向峰顶唯一的路。

两个时辰后，他们沿着山缝爬上了第一道山阶。萨荆向下望去，楼兰士兵虽在旭日冰川上缓慢前行，但已渐渐接近山缝。

一旦楼兰士兵走出旭日冰川，过不了多久就会追上他们。

萨荆不敢大意，趁着夜幕尚未降临，继续向上攀登。

不知何时，月亮爬上了天空。但是，他们并未停下脚步。

整整一夜，他们在跌跌撞撞的攀缘中度过。期间，不知有多少次撞在岩石上，也不知有多少次摔倒。好在夜幕遮挡了险峻的山势，让人心中少了内分恐惧。

在黎明来临时，他们终于登上了第二道山阶。这一夜，萨荆不仅要摸索道路，还要照顾米兰。他额头上磕破的好几道口子渗出的鲜血早已凝固，虽不觉得疼痛，但双腿麻木得抬不起来。

这道山阶是连接两个峭壁之间的平台，虽然不大，但比狭小的山缝平坦开阔多了。

连日来的奔波，终是让萨荆有些吃不消了。

“我们休息一下再走，”萨荆靠着一块岩石苦笑着说，“他们一时半会儿还追不上来。”

但是米兰并没有坐下，她的表情严肃而紧张。

接着，萨荆听到隐约传来金铁碰击的声音。他跳了起来，扒着山缝向下望去。楼兰骑兵已越过了第一道山阶，爬到了通向第二道山阶一半的路程。其中，由七八个人组成的先头部队，一身轻装，携带轻巧武器，已经接近山阶，距他们只有几十步远了。

“嘿嘿，没想到来得还真快。”萨荆笑了笑说道。

米兰感到诧异，想不通他怎么还笑得出来。

“这些天光顾赶路，无聊得很，总想着能有一次痛快的狩猎，终于可以过过瘾了。”萨荆爽朗地笑着。“我们恐怕要暂时分开一下了。我让阿麟带着你走，它认识路的。再向前，攀上第三道山阶，就是飞来石。通过飞来石就能到达天柱山的左侧主峰。到了那里，剩下的路就好走了。我在这里阻挡他们一阵，然后就去追赶你们。”

“我在这里陪你。”米兰觉得萨荆的话里有什么不对，却想不出。

“不行，”萨荆道，“你在这里，我们都走不掉。”

说罢，萨荆把米兰扶上阿麟的背。忽然他看着米兰，犹豫着说道：“我……我想抱抱你，行吗？没有……没有别的意思。”

“不行。”米兰的回答快而坚决。

“好吧！不过，我真的没别的意思，你别多想。”萨荆不禁有些失落，但朗声笑着。他在阿麟的臀部用力一拍，阿麟便懂事地向上攀去。

近了，更近了，只有三十余步。

萨荆在山阶转了一圈，仔细观察了周围的地势，便在山缝边缘盘腿坐了下来。他把长矛横在腿上，饶有兴趣地看着爬上来的楼兰士兵。

楼兰士兵看到挡住去路的少年，并没有放慢速度，只是抽出了刀剑。

在相距五六步的距离，一名楼兰士兵猛然跃起，向萨荆挥刀劈去。而后面的士兵几乎是在同时射出了箭。

萨荆在地上一滚，闪在了旁边的巨石后，姿势虽然狼狈，但躲过了刀箭的攻击。

持刀的士兵脚一沾地，便扭身向巨石后面追去。突然，那块巨石活动起来，如同一面倒塌的墙壁，从头顶砸落下来。他还没来得及反应便被压在了巨石下，只留下一摊暗红的血迹。巨石又沿着山缝滚落下去。

两名正向上冲的士兵猛然见到滚落下来的巨石，一个立时惊呆了，连一声惊叫没有发出就被巨石砸得粉碎；另一个反应快些，连忙侧身躲闪，却忘了旁边就是万丈深渊。

巨石砸倒两名楼兰士兵之后，便脱离山缝落入悬崖。

稍远一些的楼兰士兵见状，正在暗自庆幸，却见一团黑影如同一只饥饿的雪鹫，猛扑过来。

他手持长矛，一下刺穿了靠自己较近的楼兰士兵的胸膛。

这一变故来得太突然，待后面的楼兰士兵反应过来，此人是追随米兰的那个人时，两道寒光便一左一右，一斜劈一直刺，朝着萨荆攻击。萨荆勉强躲开左侧的攻击，便觉右腿一阵刺痛，已然被尖刀刺穿。

萨荆咬了咬牙，拨出长矛格挡。随后，一个侧身翻，萨荆手中的长矛又刺入了后面的一个士兵，接着，双臂骤然用力，萨荆竟将这个楼兰士兵挑了起来。

这时，一支羽箭射中了萨荆左臂，左臂一抖，长矛险些撒手。与此同时，其他骑士纷纷围攻。

萨荆再次凝聚力量，抡起长矛一阵横扫。

转眼间，围攻者只剩下了一人。

而萨荆则浑身血迹，手提滴血的长矛，注视着最后一个楼兰士兵。

这个士兵见到同伴惨死却面无惧色。他张弓搭箭，与萨荆对峙。

萨荆摆了摆手，道:“你走……”

话音未落，羽箭已经离弦，刺入萨荆腹部。

萨荆看着自己腹部刺入的箭，不再言语。长矛闪电般掷出，贯穿了士兵的胸膛。

片刻之后，萨荆又坐在山缝边缘，静静地看着后续楼兰士兵远远地攀来。

右腿的刀口包了一块兽皮，左臂的羽箭也拔了出来。但是，腹部的羽箭只是折断了箭杆，箭头还未拔出。

萨荆的伤很严重，鲜血不断地渗出，不一会儿就在雪地上形成一个血洼。可是，萨荆似乎感受不到疼痛。他的脸上没有痛苦的表情，也没有绝望和恐惧。他的心很平静，平静得像毫无波澜的湖水。

“米兰怎么样了，她是不是在为自己刚才的举动生气？嘿嘿，本来相处得很好，没想到最后会做出蠢事。这回好，一点形象也没有啦。可是，真的想抱一抱她呀。唉，还是不想那么多了，反正都过去了。再坚持一阵，她就能安全通过飞来石。剩下的路，就只能自己走了，要好好保重啊。”萨荆自言自语地说道。说完，他抬起头，望着蔚蓝的天空，望着银色的雪山，深深呼出一口气。刚才还感觉冷得厉害，现在却一点感觉都没有了。有一瞬间，萨荆觉得自己的身体变得虚无，仿佛要融入这瑰丽壮美的雪山之中。

“雪山之巅一定是最接近雪山女神的地方，能够死在这里，是我的荣幸。”萨荆虚弱地道，随后，便失去了意识。在失去意识的那一刻，萨荆似乎看到了一道白光。

祈辉目睹了山阶上的搏斗，距离虽远，却看得清楚。那个少年送走了米兰，一个人挡在山阶上，那份情义和气魄不禁让他想起了师父提到过的小部落，那个早该消失在远古，如战神般的部落。眼前这少年虽然英勇，出手却不如小武犀利和老辣。他杀了自己的部下，自己也负了重伤。但是，他为何没有逃走，反而在山阶上坐下来呢？难道他准备用血肉之躯来阻挡自己的大军吗？

一个战士，令人恐惧的不是英勇，而是无畏。

祈辉下令军队加快速度，但没有效果。连日来的强行军使士兵们耗尽了体力，甚至有几个人已经累死在前进的路上。

不久，祈辉看到那个少年身体摇晃着歪倒在山阶上，手中的长矛也掉落山崖。他知道，不会再有战斗了。少年已经受了致命伤，自己只会在山阶上看到他的尸体。就在这个时候，本来已经逃走的米兰和那匹银光骑又出现在山缝间，负起昏迷的少年，掉头向山上攀去。

若是在平日，阿麟驮着萨荆外加一头捕获的雪犀，仍会健步如飞。可连日来的跋涉和萨荆与米兰两人的重量，使阿麟有些吃不消了。加之，现在攀登的是雪藏高原出名的险峰，阿麟的步伐虽没有慢下来，但呼吸越来越急促，四蹄在岩石间不停打滑，有几次险些掉下悬崖。

米兰用力抱着萨荆，她感受到了阿麟的疲惫，但狠了狠心没有让它停下。

在攀上第三道山阶的时候，阿麟已经累得四肢颤抖，气喘吁吁。浑身淋漓的热汗在冰冷的空气中蒸腾起一团薄雾，萨荆的鲜血染红了阿麟的半个身子，血与汗水混合在一起，落在雪地上。

再往前就是连接天柱山双峰的飞来石了。不知何年何月，一块从峰顶脱落的岩石恰好卡在天柱山双峰之间，将两座山峰连接在一起。族里的人将这块岩石叫作飞来石，它是翻越天柱山的必经之路。

终于，山阶比较平坦，阿麟停顿了一下，恢复了一些体力。然后，它驮着米兰和萨荆向前走去。

沿着山壁转过一个弯，一个面积不大但平整如桌面的平台出现在眼前。这个平台像是从山体中伸出。

平台对面，就是天柱山左峰。

阿麟踏上平台，飞来石就在平台的尽头。只要过了飞来石，就可抵达天柱山左峰。阿麟曾经随萨荆走过一次，它清楚地记得。

但是这一回，阿麟走到平台边缘的时候却停了下来。

米兰不知发生了什么，等了片刻，阿麟仍然站着不动。米兰感到阿麟的情绪刚有点轻松，下一刻又突然变得紧张而惊慌起来。她还从来没见过它这般不知所措。

阿麟望着平台之外的云海，天柱山左峰与右峰是如此的伸手可触。可是，两峰之间空空如也，根本不见飞来石的踪影。左峰山阶上残留着岩石碎块，看来是不久前发生了变动，使得飞来石坠入了旭日冰川。

萨荆已经昏迷，米兰又看不见，所有的压力都落在阿麟身上。它回头望了望萨荆，终于挪动脚步，向后面的峭壁退去。

阿麟紧靠着峭壁，凝神片刻，便抬起右蹄轻刨着地面，而后猛然发力，向着天柱山左峰的山阶狂奔过去。但是，在接近平台边缘的时候，阿麟突然收住了脚步。平台与天柱山左峰距离看起来很近，实际上已超过了阿麟的跳跃范围，何况它背上还驮着两个人。

无奈之中，阿麟掉头，沿原路走回去。没走多远，它就看到黑压压的人影迎面而来，已经距离他们很近了。

阿麟不得不再次转身回到平台，焦急地来回转圈。后有追兵，前有千丈深的悬崖，任何人在这种情况下都会束手无策。

金铁碰撞岩石的声音越来越清晰。一个楼兰士兵的头盔已经从山缝中露了出来。

阿麟情急之中再次紧贴峭壁，浑身的肌肉都紧绷起来。

一个楼兰士兵手持长刀率先跃上平台，紧随其后的两个士兵露出半个身体，张弓搭箭。

生死刹那，阿麟体内蕴藏的巨大能量突然爆发。

持刀的楼兰士兵已经冲到阿麟身前，正要挥刀砍去，眼前骤然亮起一道夺目的白光，接着就被炙热无比的热浪所吞没，就仿佛蒸发了一般。

两个楼兰士兵被眼前的一幕惊呆了。他们看到那匹银光骑周身发出如同烈日一般耀眼的光芒。紧接着，这道光芒又化作一道银色的闪电，划过半空，向对面山峰飞去。当光芒稍微减弱的时候，他们看到处于光芒中心的银光骑已经接近透明，并且不再是原来的模样，而是变成了一只有着银色羽毛的巨鸟。巨鸟振翅，飞到了对面山峰。而那道光芒随之消失，银光骑亦是原来的模样。

两个楼兰士兵再次被眼前的一幕惊呆了，皆以为是自己出现了幻觉。但是，消失在对面山峰拐角处的两人一骑告诉他们，这不是幻觉。

七、涅槃显身

这个身负重伤的雪藏族少年已经不知道在雪地里爬行了多久。他的身后，留下了一长串凌乱的痕迹。

伤口上的血已经凝固，寒风掠过，带走了少年身上最后一点热量。但是，少年的脑海中依然有一个念头：爬，向前爬。

很长时间，少年以为自己在向前爬，可实际上他趴在那里一动不动，只是手指在雪地上微微划动。终于，少年支持不住，失去了意识。而在他失去意识的那刻，几个黑点正向他靠拢。

温暖，少年感到温暖。

“他能活过来吗？”

“……不知道……看他的命了……”

不知道过了多长时间，一阵刺骨的疼痛让少年一下睁开了眼睛。

“你醒了？你知道吗？你已经昏迷了七天，真是把人急死了。”

少年还没有从疼痛中缓过来，便听见一个女孩的声音。他望向说话的方向，只见女孩面孔秀丽，一双漂亮的眼睛正关切地望着他。

是米兰吗？不是，他知道，米兰的眼睛是看不见的。

他定了定神，想坐起来，身体却没有一点知觉。于是，他又环顾四周。雪藏族木屋典型的风格映入眼帘，墙壁上挂着各种猎物的皮毛，炭火把屋里烧得暖烘烘的。屋内光线虽昏暗，少年却认出女孩。“你是雪遥。快去，我要找千索长老。”

同样的木屋，同样地光线昏暗。

一个消瘦的老人盘腿坐在木榻上，炭火的微光照着老人爬满了皱纹的面庞。

另一个老人倚墙而立，他的身材异常高大，反倒显得木屋有些狭小。他的须发还是黑色的，看起来比木榻上的老人年轻得多。一缕阳光透过木墙的缝隙，落在他的脸上，反射出他眼中冷峻的光芒。

“我们发现他的时候，他浑身是伤，奄奄一息。现在，他还在昏迷，能不能活下来还不好说。”木榻上的老人开口道。

“那是他学艺不精，死了没什么可惜的，省得以后丢人。”倚墙而立的老人语气冰冷，“我们有五十年没说过话了吧。如果因为你救了他想让我感恩戴德的话，我这就去杀了他。”

“唉，看来这么长时间也没能消磨你那颗不甘寂寞的心。”

“我们虽然同为一族，但早在祖上就已分道扬镳，用不着你来教训我。小武在你们这里，愿意治，不谢；不愿意就丢到雪地里去，我也不会埋怨。”说到这里，倚墙而立的老人欲转身离开。

“武烈，这么大年纪了，你怎么还像个孩子，连听几句话的耐心都没有！”

被叫武烈的老人冷笑一声，却停住了脚步。

“小武不是野兽伤的，我们在他身上发现了刀伤和箭伤。你知道的，我族从来不使用弓箭……雪藏高原来了外人。”

“我知道了。千索，你想说什么？”

“这已经不是你们武家的事了，”千索说道，“我们在小武身上发现了这个。”

武烈扭头望去，身体猛然一震。他看着千索手上拿着的古旧纹章，不禁有些颤抖。“它……它真的存在，原来，它不是一个神话，是真的。”

“本来就不是神话，那是祖训。只是时间久远，让一些人有些动摇。”

武烈冷静下来，冷笑道：“你是在嘲笑我吗？凭一枚不知真假的纹章就想让我俯首帖耳吗？”

“我的话你可以无视。难道雪藏的祖先你也想背叛吗？”

武烈想反驳，却不知说什么。

“我们在雪藏高原蛰伏了不知多少年，一代代族众在饥饿与寒冷中默默死去，就是为了等待涅槃纹章的出现。”千索的表情复杂，“乱世将至。唉，多少生命将惨死。我倒希望它永远不出现。”

“轰轰烈烈做一番事，总比庸碌一生强得多。”武烈的眼中泛起精光，“纹章的主人呢？”

千索摇摇头，道：“这要等小武醒来才能知道。”

周围很安静，隐约能够听到远处呼啸的风声。

米兰感觉自己身处山洞。阿麟把自己和萨荆放在这里就离开了，也不知去了哪里。

米兰摸索着把萨荆身上的伤口包扎好。在此过程中，萨荆的身体僵硬，气息微弱，可米兰能感觉到他还活着。但是，萨荆再得不到及时治疗，恐怕坚持不了多久。

米兰在萨荆身边坐下，这才觉得浑身酸软无力。连日来的奔波，使她耗尽了体力。加之萨荆受伤，让她的精神一直高度紧张。即使如此，米兰甘之如饴。在她的一生中，大部分时间是在颠沛流离、四处逃亡中度过的。但是，在雪藏高原的这些日子，她体会到了温暖，那颗悲伤绝望的心亦得到了治愈。有的时候，她想就这样一直在高原上走下去。但是，她知道那是不可能的。她生命的意义，是为了古陆生命的延续。这也那是她的宿命。

熟悉的蹄声渐渐清晰。阿麟回来了，把什么东西放到了地上。接着，阿麟蹭了蹭米兰。

米兰知道阿麟的意图，便伸出手摸索。她摸到了一只小兽。小兽的身体还没有僵硬，腹部的伤口还流着血，一定是阿麟用独角杀死的。

米兰在萨荆衣服里摸到小刀，然后从小兽身上割下一条肉，切成小片，喂给了萨荆。但是，萨荆昏迷不醒，无法下咽。

于是，米兰走到洞口，捧了些积雪捂化，滴在萨荆嘴中。

片刻后，萨荆发出轻微的呻吟。

米兰又给萨荆滴了一些雪水，然后才把肉喂给他。这一次，米兰把肉嚼碎了。

萨荆勉强吃了一些。突然，一阵剧烈的咳嗽，萨荆刚吃下的肉混着鲜血喷了出来。

米兰急忙顺了顺萨荆的胸口，等他安静下来，这才重新喂他吃肉。这回，萨荆吃了一点点肉后，又昏昏睡去。

米兰听着萨荆的呼吸声，稍稍放下心来。她靠着洞壁坐着吃了点肉，想休息一下。

洞里虽然没有风，但依然很冷。于是，她把萨荆抱在怀里，希望自己的身体能给他一些温暖。

忽然，阿麟卧倒在他们身边，像一床温暖的毛被，竭力围紧他们。

米兰抚摸着阿麟的鬃毛，嘴角勾起一抹浅笑："好好休息吧！还有很长的路要走呢。"

最危险的时刻终于过去，至少现在看来是这样。

阿麟驮着萨荆和米兰离开山洞，再次向广阔的雪藏高原进发。

唯一让人担心的是萨荆的伤势。一路上，萨荆始终处于半昏迷状态，伤口也丝毫不见好转。

第三天的夜晚，他们宿营在一片树林中。

阿麟衔来枯枝，米兰费了很大工夫，才点燃了篝火。然后，她把剩下的一些肉穿在树枝上，放在火上烤。期间，她的手不仅被树枝划了几道口子，而且被火烫了几个泡。不过好在，肉烤好了。虽然，有的肉烤焦了，有的肉夹生。

但是，米兰烤好的肉，却怎么也喂不进一直昏睡着的萨荆的嘴中。

萨荆无法进食，米兰也没了吃东西的心情。于是，她把烤好的肉又收了起来，休息了一会儿，就又上路了。

又过了五天，在穿过了一小片冰原和一道不高的无名山脉后，他们进入了另一片冰原。再向前，就是黑水冰湖和天圣山脉了。

而此时的萨荆伤情非但没有好转，反而愈加严重。他的伤口一直没有愈合的迹象，尤其腹部的伤口，还不时流出脓血。

米兰知道他们不能再走了，必须想办法让萨荆的伤情好起来。

冰原上几乎没有栖息之处，米兰在阿麟的帮助下，好不容易才找到一棵枯树。树身有一个巨大的树洞，勉强可以容身。

这天晚上，萨荆发起了高烧，口中不时胡言乱语。

米兰摸着萨荆滚烫的额头，束手无策。不知何时，阿麟又离开了，也不知道跑到哪儿去了。

“米兰。”萨荆忽然唤道。

“在，我就在这里。”米兰惊喜不已。

“抱抱我，我……我冷。”

米兰听罢，将萨荆紧紧抱在怀里，脸也贴在如火一样的脸颊上。

“米兰，抱抱我……冷……冷。”萨荆仍在呼唤着。

米兰知道，萨荆是在呓语。但不知道为什么，米兰很想哭。

在米兰的记忆中，自己从来没有哭过。她知道，无论一个人的一生有多长，最后都会走向同一个结局——死亡。所以，在长短不一的人生中，没有什么可悲伤的。曾经她期望着自己的结局早日来临。可如今，她害怕萨荆走向这样的结局，她怕极了。

一滴泪珠从米兰的眼角滑落，她没有觉察。

不知不觉，黎明悄然而至。小小的树洞里面，隐约可见两个人影依偎在一起。

太阳出来了，沉寂的冰原有了一丝温度。两个始终一动不动的人影，似乎被时间凝固。夜色再次降临，将冰原上的一切重新隐入黑暗。

米兰忘记了时间，陷在梦境中。她紧紧地抱着萨荆，这个素不相识却愿意为她付出生命的少年。阿麟始终没有踪影。米兰也不知道该向哪里去。她一出生，命运就已注定。但是，她觉得自己根本无力对这个世界做出任何改变。她感到萨荆的生命正在一点点逝去，自己也越来越虚弱。但是，她什么也做不了。

一声凄厉的长嗥从远处传来，拉回了陷在梦中的米兰。

她感知到一个饥饿凶残的生灵正向枯树奔来，那是一只瘦骨嶙峋的雪豺。它已经在冰原上流浪了很久，此时嗅到了生命的气息，已然迫不及待地向枯树奔来。

米兰一下清醒了，顿时集中精神，很快便控制了雪豺。

可是没过多久，在枯树附近逡巡，不敢冲进树洞来的雪豺发出几声嗥叫，引来了自己的同伴。这种体形较小的雪豺，平时散布在广阔的高原上，一旦发现猎物就会呼唤同伴。

面对这些雪豺，米兰不敢大意。她全神贯注地集中精神，想要控制这些雪豺。

然而随着时间的推移，聚集在枯树附近的雪豺越来越多。米兰渐渐没有办法一一控制。雪豺对枯树的包围圈越来越小，有几只试图跃进树洞，幸好被米兰及时发现。

米兰知道，如此下去，自己坚持不了多长时间。雪豺随时会冲进树洞，将自己和萨荆撕成碎片。

奇迹般的事情发生了：原本已经陷入深度昏迷的萨荆竟缓缓睁开了眼睛。他发现自己躺在米兰怀中，而米兰苍白的脸庞不禁让他心里一阵刺痛。

米兰不知道萨荆已经醒了，她轻轻把他放在树洞的最里面。

“从刚懂事的时候，父辈们就告诉我，我的命运关乎着古陆的存亡。可是，我是个没用的人，干什么都需要别人的保护和帮助。”米兰的声音平静，“现在，我终于觉得自己有了一点用。你好好睡吧，我会尽全力保护你，哪怕只有一会儿的时间。”

说罢，米兰站起身，走向树洞挡在洞口前。

萨荆看着米兰弱小的身体站在洞口。那一刻，他觉得米兰是那么的高大。他痴痴地望着米兰，忘了周围的一切。

猛然间，萨荆感到从米兰的体内爆发出了一股力量。

这股力量爆发的瞬间，枯树周围躁动不安的雪豺纷纷匍匐在地，动弹不得。

然而，这股力量只持续了片刻，便迅速消失。而米兰像患了重病一般，瘫倒在洞口。

失去了米兰的震慑，饥饿与生存的本能又占据了雪豺的大脑，它们纷纷爬起来，试探着向树洞靠近。

萨荆见米兰倒在地上，急忙挣扎着想去看米兰。奈何，除了换来一阵剧痛，萨荆一点力气都没有。

与此同时，雪豺已至洞口。就在这千钧一发之际，一声清越的啸声从远方传来。

星光下的冰原上，不见踪影的阿麟像一颗划过天际的流星出现在雪豺身后。

没等雪豺反应过来，阿麟的独角已经挑翻了领头的两只。

接着，又有七八只雪豺倒在阿麟的独角下，而其他的雪豺已经胆寒，纷纷四散逃去。

萨荆和米兰见状，都松了口气，双双昏倒过去。

黎明的第一缕曙光投射进狭小的树洞，树洞被照得一片明亮。

萨荆醒来的时候，他看见米兰跪在自己身边，把一株色泽嫣红的植物放在嘴里嚼碎，然后敷在自己的伤口上。那植物名叫血芝，是治疗伤病的灵药，因喜生长在阴冷的地方，且不易存活，在雪藏高原上极为罕见。萨荆没有出声打扰米兰，他把目光投向洞外。只见阿麟用自己的身体挡在洞口，遮挡着吹向洞中的寒风。那一身的血迹，肩胛处深深的伤痕，可见除了与雪豺战斗外，阿麟肯定遭遇了其他攻击。还有这株血芝，阿麟也不知道在哪找到的。

再次昏迷之际，萨荆又望了米兰一眼。米兰已经疲惫不堪，她为自己敷药的手在止不住地颤抖……

中午时分，萨荆醒过来，稍稍吃了一点雪豺肉，又昏睡过去。

就这样，萨荆和米兰在树洞中又逗留了几天。期间，萨荆虽时而昏迷，时而清醒，但是他的伤势在一点点地好转。

有几次醒来，萨荆发现米兰依偎在自己身边。她的身体竭力贴紧他，用体温温暖着他。每当这个时候，萨荆心中充满了温暖。

到了第四天，萨荆已经能够站立起来，甚至能勉强走上几步。

于是，他们又踏上了旅途。

在越过了冰原，横穿了一道宽阔的冰河和一片庞大的林海后，他们又进入了一片荒凉的冰原。

在冰原的尽头可以看到天圣山脉，这是他们所要翻越的第二座万米高峰。但是这次不会那么困难，因为在天圣山的山腰处有一个叫龙吟洞的山洞横贯山腹，他们可以由此穿山而过。

天圣主峰和其他的山峰都不同。它是一座死火山，峰顶没有耸立的山尖，只有一个像是被利剑削平了的巨大平台。远远望去，似乎还有烟雾从平台内部不断地喷吐而出，在峰顶汇集成浓重的迷雾。

黑水冰湖就坐落在天圣山山麓下，因为地势低洼，现在还看不到。

萨荆的伤口已经愈合，虽说身体还有些虚弱，但并不碍事。他想下来自己走路，奈何米兰执意不肯。只要萨荆下来，米兰便也陪着下来，阿麟见状也发了倔脾气。如果不同时驮着他们两个，它就站在原地一动不动，任凭萨荆和米兰怎么催促也没有用。

萨荆无奈，只好服从。他爱惜地抚着阿麟的鬃毛，嘴里念叨：“这可苦了你了，好兄弟。”

三天后，他们临近冰原的尽头。而在他们面前出现了一串起伏的山丘，山丘下还有一小片树林。

在树林里面，萨荆找到一片茂盛的甘草。这种甘草是阿麟最爱吃的食物。于是，饿得瘦骨嶙峋的阿麟美美地饱餐了一顿。

萨荆又拔了许多甘草储存在行囊中，这些日子阿麟非常辛苦，可不能亏待了它。萨荆还找到一根坚硬笔直的树枝，用小刀削尖，临时充当长矛，虽然不顺手，但只能如此了。他还用这个简陋的武器捕获了一只掉队的岩羚，并把它烤了。

几天来，他们一直吃的是怎么也嚼不烂且腥气扑鼻的雪豺冻肉，现在有了岩羚烤肉，萨荆觉得自己浑身是劲，精神也好很多。唯独让他郁闷的是，随着自己伤势的痊愈，米兰对自己又一天天疏远起来。为什么呢？是自己哪里做错了？还是……萨荆想破头也想不出答案。他有些怀念伤重不起的时候。

攀上山丘的山顶，天圣山脉清晰地展现在眼前。从他们脚下的山丘到天圣山山麓，黑水冰湖如同一块镶嵌在大地之上的水晶石，倒映出天圣山巍峨的山影。

“与其他冰湖相比，黑水冰湖大概是我们雪藏高原最美丽的冰湖。”萨荆望着黑水冰湖感叹道，“但它恐怕也是最恐怖的。冰湖传说，湖里有一只可怕的怪兽。怪兽有山峰那么大，而湖面之所以像水晶般透明，是因为怪兽活动的时候，湖面的冰层就会被搅得粉碎，而后重新凝结。我们曾经在湖边发现过不知是什么动物的骨骼，有小树林那么大。所以这次我们最好也离湖边远一点。”

说罢，萨荆牵着阿麟走下山丘，绕湖而行。

走着走着，米兰忽然让萨荆停下。

“怎么了？”萨荆问。

“我能感觉到它。”米兰回答，而后不再说话，低头凝神冥想。

过了许久，米兰缓缓说道：“它原本属于古陆之外辽阔的海洋，由于某种原因才来到这里。在冰湖形成之前，它就已经存在。不仅如此，它的寿命和智慧是我们人类无法企及的。它告诉了我古陆的从前，并且提到了古陆的将来。我们从湖上走吧，它对我们没有敌意。”

萨荆不明白米兰怎么能和那怪兽沟通，但是对她的话深信不疑。

“那湖中的怪兽是什么模样？”萨荆有些好奇地问道。话一出口，萨荆马上意识到米兰是无法形容它的外貌的，便连忙闭了嘴，转变方向，径直向湖中走去。

湖面上的冰层十分透明，站在上面可以看到冰层下的湖水。湖水的颜色在靠近湖岸的地方是白色的，越接近湖心，颜色就越深。到后来，湖水变成了黑绿色。黑水冰湖由此得名。没有人知道黑水冰湖有多深。传说，黑水冰湖是没有底的，且是一直通向千里之外的黑海洋。

虽说冰层很结实，但萨荆走在上面心里总是不踏实。他感觉到冰层下有一股令人不寒而栗的力量，这股力量只要跃出冰层，他们将会变成齑粉。

萨荆紧张地盯着脚下的冰层，冰层下的湖水十分平静。突然，一个阴影向他们靠近，那阴影极为庞大，几乎占据了小半个湖面。

“它很友善。”米兰觉察到萨荆心中的不安，对他说道，“它独自在这里待了无数年，如今，它见到我们很高兴，渴望与我们交流。”

“交流？与我们？”萨荆不解，“难道它会说话？”

米兰没有回答，反问道：“你可想知道它发生了何事？”

“反正旅途这么无聊，听听也无妨。”

“在远古之初，古陆可不是现在这个样子。那时的古陆不仅环境优美，而且有几百个形态各异的智慧种族友好地生活在一起，包括我们人类。后来，一场毁灭性的灾难爆发，除了人类在这场灾难中幸存下来，其他的种族几乎都绝迹了。”米兰叹道，“湖中的生物名叫天鲸，是古陆体形最大的一个种族。它们数量稀少，寿命极长。湖中的天鲸恐怕是那场灾难唯一的幸存者了。”

“这么说它都活了几万年了？”萨荆难以置信。

“在宇宙众多的生命之中，人类不过是其中一种生物。每种生命都有自己的特点和生存方式，我们不能用自己的标准来衡量。”

“米兰，”萨荆原本以为经过这段时间的相处，他对米兰算是熟知。可现在，他忽然觉得米兰又变得陌生起来，“这些事情你是如何知道的？”

“将来你总会知道的。”米兰叹了口气，又说道，“但愿你知道的越晚越好。真相总是痛苦的。”

米兰的话让萨荆心中更加疑惑。不过，他没有追问，只是收拾了思绪，继续向前。

经过一夜的跋涉，到达冰湖对面的时候，天色已近黎明。

萨荆在湖岸附近找到一个可以避风的小山洞，又砍了一些枯树枝，在洞内生了一堆火。

趁着黎明前短暂的黑暗，他们还可以再休息一会儿。

萨荆等火烧起来后，便开始烤岩羚肉。忽然，他发现米兰的脸色变得凝重起来，便意识到有情况。于是，他起身走到洞口向冰湖上张望。

冰湖上空群星笼罩，隐约可以看到湖面上有许多黑点，正悄无声息地向他们围拢过来。

“看到他们了？”米兰在萨荆身后说道。

“简直像我们的影子一样。”萨荆说道，“我倒真的有些佩服他们。看来，他们不追到我们是绝不会善罢甘休的。”

“是我，不是我们。他们要的是我。”米兰纠正道。

“要想抓到你，他们得先从我身上跨过。”萨荆淡淡说道。

“不过，他们这一次恐怕又要失望了，”米兰冷静地说道，“冰湖之下的天鲸会让他们永生难忘。”

说罢，米兰向湖岸走去。她的身上没有披皮氅，显得十分单薄。

冰湖上的楼兰骑兵发现自己行踪已经败露，便肆无忌惮地挥着兵器向他们扑来。

米兰在湖边站定，她虽然看不到，但是能感觉到敌人已经近在咫尺。她没有一丝慌张，缓缓地张开了双臂。

须臾，大地开始震动，冰面发出响亮的冰层断裂声。只见一道巨大的冰缝从湖心裂开，在冰湖表面迅速蔓延开来。紧接着，整个冰湖的冰层被一股强大的力量搅得粉碎，刚才还坚如磐石的湖面顷刻间已经成了一片汪洋。

楼兰骑兵猝不及防，全部落入湖中。顿时，惊恐的叫喊声响成一片。

“我们走吧！”米兰转身对萨荆说道。

星光下，萨荆看到米兰苍白的脸上满是痛苦。

八、裂天刃

祈辉并没有看到阿麟跃过天柱双峰的一幕。但是，听罢两个属下语无伦次地述说后，他没有说话。银光骑带着米兰和那个少年跃过天柱双峰倒是有可能，可说银光骑化作了一只巨鸟，他无论如何也无法相信。

祈辉侧头望了望他师父，难得看到了老人家一脸茫然的样子。他目测了一下两峰之间的距离，又向下看去，汹涌翻滚的云海淹没了峰下的旭日冰川，什么也看不到。这段距离虽然不远，但再神骏的宝马也不可能一跃而过，银光骑也不例外，也许，他们已坠入悬崖？但是，他不能心存侥幸。

祈辉收起纷乱的思绪，定了定神，且不论当时的情景如何，当务之急是想办法越过这道天堑。时间不等人，米兰随时可能消失在无边无际的雪原深处。如今，最直接的办法是在两峰之间架设一道桥梁。可要架桥就须把沉重的木材运上这陡峭的雪山之巅，实在是不现实。看来，得想其他办法。祈辉望着双峰，突然灵光一闪。要是有一道连接双峰的铁索，他们可以顺着铁索到达对岸。不过可惜了跟随多年的战马。

办法有了，但实施起来异常困难。

一方面，铁索的重量是一个问题；另一方面，天柱山的岩壁十分坚硬，利箭射在上面只能留下一个小小的白点。无奈，祈辉只好让士兵将铁索换成绳索，然后试着在岩缝中射箭。半天工夫，绑着绳索的数十支箭射出，只有一支射入岩缝。可轻轻一拉绳索，箭又脱落下来。

夜幕落下，山峰隐入黑暗，祈辉只得下令众人在峰顶宿营。

几天以来，军队连续行军，根本没有休息，士兵们早就有些支持不住，草草用过晚饭，很快便都睡去。

祈辉也已非常疲惫，但只要一闭眼，纷乱的思绪便占据了脑海，搅得他无法入睡。

这次雪藏高原之行不似从前的任务那般惊心动魄、危机重重，可是仔细思量这些天来的际遇，祈辉记忆深刻。他原本没有把米兰放在眼中，现在看来，从融哲的神秘死亡，到武艺超群的小武，以及那个视死如归的少年，还有可以变成巨鸟的银光骑，他们都与米兰这个弱小的盲女有着千丝万缕的关系。可到底是什么关系？祈辉一时理不出头绪。他把目光投向师父。

黑衣老人眼睛微合，眼皮却微微颤动，显然也没有睡着。

“师父，银光骑有可能长出翅膀变身成大鸟吗？”祈辉问道。

“来到雪藏高原之前，我曾经见过三匹银光骑，有一匹还跟随过我一段时间。但是，我从来没有见过也没有听说过银光骑能够生翅飞翔。不过……”黑衣老人沉吟道，“在一些部落中流传着一些传说，确实提到过肋生双翅的银光骑。”

“这怎么可能呢？那些不过是传说罢了。银光骑的体重即使是生出翅膀也飞不动。”

“如果我们把它看成坐骑，确实是不可能的。但它若是不同于我们人类的另外一个种族，就说不准了。”

“另外一个种族？”

“曾经有一个叫忆魂的部族，这个部族早在几百年前就已经在战乱中灭亡了。但是，他们遗留下来一本古书。这本古书没有人见过，但民间流传着一些说法。据说是古书上记载的内容，虽然荒诞不经，但王子如果有兴趣的话……”

“师父，不妨说来听听。”

“远古时候，古陆上生活着许多种形态各异的智慧种族，人类是其中的一种。这些种族生活在一起，彼此和睦，休戚与共，创造了一个高度发达的文明。后来，一场大灾难的爆发，使得这些种族全部灭亡。”

祈辉低头不语，陷入沉思。良久，他才道：“险些被师父骗了。如果这个说法是真的，为何我们人类没有灭亡？真是前后矛盾，逻辑混乱。”

“王子说得有理。”黑衣老人说道，“好啦，天气寒冷，王子早些休息吧。”

“师父也早些休息。”祈辉说着，搓了搓僵硬的手，又跺了跺失去知觉的双脚。突然，他大喊一声：“全体听令，列队！”

祈辉的声音在山间回荡，士兵们来不及反应，过了片刻，才稀稀拉拉站起来。但有几个士兵仍然不动，旁边的士兵连忙伸手去拉，没想到身体早已僵硬。

祈辉心疼不已，暗自责备自己。这雪山绝顶空气稀薄，寒风肆虐，加之温度极低，在没有充分准备的情况下根本不能宿营，否则到天亮的时候，一个人都站不起来。

“听我说，大家不能睡了，再困也得忍住。等到了山下，我们就可以踏踏实实睡上一整天。现在，我们玩个游戏。”祈辉说完，摘下黑金王盔，抽出佩剑，“大家传递这顶头盔，我来舞剑。当我停止舞剑时，头盔在谁的手中，谁就在平台上练拳或者舞剑。我们今天就来个雪山会武。要是谁拔得头筹，赏百户奴，赐勤王剑！”

昏昏欲睡的楼兰骑兵顿时精神振奋。

漫长难耐的寒夜在士兵的阵阵哄笑声和喝彩声中飞快地掠过。

天亮了，新的尝试又开始了。但时至中午，没有一次成功。

“看来，寻常兵器是无法刺入这万年顽石的。”祈辉喃喃道。

身旁的黑衣老人点了点头，目光扫过祈辉背后的长匣。

祈辉见状，解下长匣，放在地上，然后缓缓抽出匣盖。匣内的物体被一块兽皮包裹着，兽皮色泽灰暗，还有一些破损。

“师父，您还记得裂天刃现身古陆时的情景吗？”祈辉轻轻抚摸着兽皮，道，“要是我没记错，那是十五年前的事吧！”

“没错，是十五年前的事。不过，我当时在古陆各地云游，并不了解详情。王上难道没有对王子说起过？”

“父王对此事闭口不提，每当问及便勃然大怒。”

黑衣老人叹了口气，道：“这也难怪。当时，王上率十万大军亲征卡林，在卡林江畔杀敌两万精锐，一路长驱直入，直至卡林王城。卡林国倾全国之力聚集三十万人与帝国决战于王城之下。王上诈败退军，在混沌谷将敌合围。顿时，三十万敌军土崩瓦解，十余万人被斩杀，二十万人投降。眼看着，胜利在望。突然，一支两三千人的骑兵从山间小道冲入战场，为首的人就是融哲。他手持红光四射的裂天刃，所到之处鲜血四溅，人头乱滚。没有人能描述裂天刃的形状，因为见过的人都死了。不仅如此，裂天刃似乎有种恐怖的魔力。只要靠近它，人们就会抱头哀号，无法抑制心中的恐惧。七名骁勇善战的将军一同迎敌，全都在第一个回合被斩于马下。就这样，融哲凭借裂天刃扭转了整个战局。本来已经投降的卡林士兵又拿起武器，重新投入了战斗。最后的结果，你是知道的。王上退回楼兰的时候，十万大军不足两千。”

“这么说，自那以后没有人真正见过裂天刃？”

“没有，它只在古陆出现过那么一次。”

“一次就已经足够。”祈辉感叹道，刚想解开兽皮，却听到士兵们爆发出一声惊叫。

一个士兵将绳索拴在长矛上，奋力掷了出去。长矛是准确地卡在了对岸的岩缝之中，但士兵因收势不及，坠落崖间。

祈辉的心一颤，又失去了一个兄弟。但忍痛下令部队沿着刚刚搭起的绳索快速前进。

士兵们沿着绳索攀爬不到一个时辰，部队已经全部到达天柱左峰，他们没有休息，反而加快行军速度，向山下追去。

祈辉没有让士兵们休息，反而加快了行军速度。几天后，他们发现了宿营留下的余烬。接着又发现冰原上的树洞和十几具雪豺的尸体。而零散的足迹则指向天圣山。

一路日夜兼程，在天圣山麓终于又看到了那三个熟悉的黑点。

祈辉没有让士兵们立即冲上去，而是让大家宿营休息。期间，他派出一支探马远远跟踪目标。神秘的高原和强悍的雪藏族人已经让自己吃了不少亏，他必须要谨慎，不能再有闪失。

经过几个时辰的休整，士兵们恢复了体力，他们迫不及待地向天圣山冲去。

随着目标进入黑水冰湖，祈辉并没有放缓速度，而是紧随其后。

不知不觉，祈辉率部已至冰湖中心。突然，他心中涌起一股莫名的不安。于是，他放缓脚步，环视四周。

没有得到命令的士兵们，仍然向目标猛追。

“这冰湖有点邪门。”黑衣老人出现在祈辉身旁。

“不错，我感觉冰湖下有一股强大的力量，强大到让人恐惧。”祈辉说着，望向远方。几点星光挂在天幕，勾勒出冰湖的轮廓，辽阔的冰面上并没有异常。

黑衣老人闭目凝神，忽然道：“它在我们的脚下。”

“什么东西在我们脚下？”

黑衣老人摇摇头："不知道，那是我们从未见过的生物。"

"它的力量让人恐惧，我从来没有过这种感觉。"祈辉的手不自觉地紧紧握住腰间的佩剑。

"还好，我没有感觉到它的敌意。"

"无论如何我们已没有了退路，只能全力冲过去。"祈辉加快了脚步。

突然，他看到冰层下，一个硕大无朋的黑影紧跟着自己。无论自己的脚步有多快，黑影始终如影随形。祈辉竭力保持着镇定，为了安全起见，他催促士兵加快速度。

行至冰湖中心，祈辉似乎听到有谁在对他诉说着什么。可是说的是什么，祈辉却怎么也听不懂。但是，他能感受到对方语气中没有威胁，没有恐吓，反而有一些规劝的意味。

再看，冰湖中尾随的黑影并没有异动，只是跟随着他们。不远处就是湖岸，祈辉心中松了一口气。

就在这个时候，米兰出现了。她站在湖岸边，张开双臂，不知要干什么。

"糟了。"黑衣老人似乎意识到什么，失声说道。

话音未落，冰面震动起来。随后，一道道冰缝呈放射状向四周蔓延。

士兵们愕然，立刻顿住脚步，不知所措地望着脚下迅速裂开的冰缝。

“快跑……”祈辉话还没有说完，脚下的冰面已然破裂，冰冷的湖水一下子灌入口中。他挣扎着想让自己浮在湖面，无奈沉重的甲胄让他不堪重负。

一块浮冰从身边漂过，祈辉看到了希望。他奋力抓住浮冰，大口喘气。当他平复过来，回头时，士兵们已全部落水。

“不要慌，大家快抓住身边的浮冰，调整呼吸。”祈辉镇定地说道，“来，大家跟着我向岸边游。”

士兵们见状，也恢复了冷静，纷纷向不远处的湖岸游动。

谁料，湖水又起波澜。一个庞大的生物在迅速靠近湖岸，眼看就要破水而出。

祈辉回首望去，终于看清了蛰伏于湖底的生物。它仿佛一座从地下破土而出的陡峭的山峰，然而，这只是它的头部。它的眼睛闪着微光，看着并不凶狠，反而透出些许凄凉。两排洁白的牙齿在黑色的唇间显露出来，但是它并没有张开大口，只是用它巨大的头部向士兵们压去。

一刹那间，祈辉来不及做出反应，便连同士兵们一起重新掉入湖中。在最后关头，他高声叫道：“师父，助我！”

同样身在湖中的黑衣老人应声将身旁的祈辉托起，臂膀一运力，就将他抛向空中。

只见祈辉的身体飞向半空，如同一支脱弦的利箭，迎头向湖中的庞然大物冲去。而他的手中，已然执着裂天刃。

自从得到裂天刃，祈辉并未见到过它的模样。有几次夜深人静，他独自抚摸着它，感到一股强大的力量在其中游走。不仅如此，他透过它仿佛看到城郭一片火海，人类的尸体满山遍野……所以，祈辉始终没有勇气去看裂天刃的真面貌。

现在，祈辉已经没有选择。

在刚握住裂天刃的时候，祈辉只觉得它冰冷而坚硬，似乎只是一柄普通的短剑。除了极为沉重之外，并没有什么特别。

可是就在那一瞬间，在祈辉执着裂天刃迎向那庞然大物头顶的时候，裂天刃突然爆发出刺目的红色光芒，这光芒竟让湖中的庞然大物眼神中流露出绝望和恐惧。祈辉知道自己赢了。湖中的庞然大物虽然皮肤与骨骼极为坚硬，但裂天刃没有受到一点阻拦，一刀下去，从下颚直达咽喉。

随着一声呻吟，这个如同一只巨船般的庞然大物，轰然跌入湖中。

九、龙吟洞

零乱的脚步声，沉重的喘息声……

萨荆、米兰和阿麟一刻不停地在天圣山上行进。

雪藏高原的诸多山脉中，天圣山是高原上唯一的绿色山峰。除了峰顶被冰雪覆盖外，山体上长满了各种植物。有树冠高大的铁岩木，有连成林海的龙形松，有不知名的灌木藤萝，还有零星耸立的罕见树木。

萨荆拿着木棍拨打着前面的灌木，阿麟在旁边用独角帮忙。他们虽然开辟出一条可以行走的小路，但速度很慢。

天已经暗了下来，林中一片寂静。萨荆一行踩在地上的枯枝上，发出阵阵“咔嚓”声。

“这里怎么有这么多树木？”米兰想打破寂静。

“老人们说天圣山的地下燃烧着可怕的地火，火焰带来的温度恰好适合植物的生长。”萨荆说着，想起了骤然绽放在黑水冰湖的可怕火焰。

当时，米兰从湖岸向自己走来，而在她的背后，天鲸跃出冰湖。一道刺目的红色光芒朝着天鲸击去。紧接着，湖中激起千层浪花，天鲸轰然倒下。萨荆看着眼前不可思议的一幕，心中竟生出了逃跑的念头。

“那究竟是什么？”萨荆问道。他记得红色光芒出现的时候，米兰脸上的表情出现了短暂的僵硬。她虽然看不见，但是肯定知道发生了什么。

“那就是裂天刃，”米兰道，“融哲死前送给你的武器。”

“看起来，它只是一柄外形奇特的长矛，怎么会有如此威力？”

“裂天刃是上古神器，威力自然不可小觑。但是，它是如何到了融哲手中，其中缘由，我不知道。而且，没人知道它的真正用途。”米兰道：“不过，唯一能确定的是，裂天刃非常危险。融哲就是凭借裂天刃让楼兰十余年来不敢向卡林国大举入侵。”

萨荆沉默不语。

“是不是后悔当初丢下了裂天刃？”米兰问道。

“我们雪藏人不是自己的东西绝对不会要。”萨荆倔强地说道，可心里还是有些遗憾。

“没有裂天刃也好，”米兰叹了口气说道，“毕竟，它只会带来灾难。”

“但裂天刃的威力强大，谁拥有它，谁就可以称霸古陆。融哲不就是吗？”萨荆反问。

“你知道的事情太少了。你不懂。”米兰摇摇头，不再说话。

多少年以后，萨荆拿着裂天刃在整个古陆纵横的时候，他早已忘了米兰在这个平静的夜晚说过的话。

经过一夜的跋涉，他们终于抵达了龙吟洞。

龙吟洞坐落在一道陡坡的中部，洞口很小，周围被稠密的树木遮挡，外人很难发现。

于是，萨荆决定在龙吟洞休息。他扶米兰从阿麟背上下来后，便先去打探洞中情况。

萨荆走到龙吟洞口，打量了一下四周。洞口附近地形开阔，左右两侧分别有巨石凸出，像两尊巨兽守护着山洞。洞口仅容一个人进出，要是有敌人，自己挡在这里，敌人就发挥不了围歼的优势。再往洞里，有一段大约三十余米长的狭窄甬道，可以遮挡寒风。通过甬道，出现了宽敞的洞穴。

萨荆带着米兰进入洞穴，安顿米兰休息后，便来到了洞口，在一块巨石上坐下来。身旁的阿麟累极了，已然进入梦乡。萨荆看着夜空，群星已经隐去，黎明将近。他向下俯瞰，隐约只能看到不远处的树林。

周围静悄悄的，萨荆的心却静不下来。身后的敌人日夜不停地追赶，让他一刻也不敢放松。尤其是见到裂天刃的威力之后，他有了想逃的念头。因为他明白，在上古神器面前，自己就是微不足道的蝼蚁，根本不堪一击。萨荆不知道自己有没有命能护送米兰到达幻雪峰，但是有一点他知道，他从来没有后悔过自己的选择。十五年来，他一直渴望着走出高原，在古陆干一番轰轰烈烈的事。

在初见米兰的一刹那，萨荆不知为何有种强烈的预感，他觉得自己盼望已久的日子就要来临了。这也是当时他会护送米兰的原因。除此之余，米兰这个神秘的女孩，他刚看到她的时候，就莫名其妙被她吸引。萨荆知道，自己完了。往后余生，他要用生命保护她。也许，这是他的宿命；也许，是整个雪藏族对涅槃族的宿命。

看着士兵们狼狈不堪地爬上湖岸，祈辉心里五味杂陈。裂天刃虽然有着惊天地泣鬼神的威力，但是它同时太过危险。

“恭喜王子。”黑衣老人说道。

祈辉知道师父话中之意，但他说道：“师父，我感到疲倦得很。”

“好好休息一下吧。裂天刃损耗了你极大的心神。”

“还是整顿一下，继续赶路吧。他们走得并不远，这是抓住她的最好时机。若时间长了，不知又会出现什么意外。”祈辉说完，没走几步，眼前一黑，便昏倒在地。

祈辉苏醒的时候，先是看到师父焦急的脸，然后又看到周围挤满了神情紧张的士兵。天还黑着，他知道自己昏迷的时间并不长。

“我们的损失有多大？”

“两个失踪，五个轻伤，其余人都没事。”

祈辉点点头，松了口气，挣扎着站起身，道：“传令，派出两支探马，全军呈战斗队形向山上搜索前进，发现目标不要轻易展开攻击。”

“王子还是先休息一下，他们跑不了多远。”老人伸手搀了祈辉一下，语气中没有再行劝阻的意思。

“先是雪藏族，然后是银光骑。现在，又出了个不知名的生物。要是再耽搁下去，不知道还会发生什么。”祈辉叹了口气。

“有王子在，有裂天刃在，没有什么能够阻止我们。”黑衣老人道。

“但是，裂天刃总给我一种不安的感觉。难怪融哲除了混沌谷之战外，再也没有使用过它。”

“那是因为只一次便足够震慑帝国。”

祈辉摇了摇头，道：“是啊！裂天刃威力强大，但也难以驾驭。

这一点，融哲应该心知肚明，不然，他早已仗着裂天刃攻入帝国。”

黑衣老人不语，目光望向远处。

萨荆实在太累了。他陷入了沉睡。忽然一个黑影悄无声息地向萨荆靠近，在距离萨荆三步远的地方停了下来。只见，黑影抽出腰间的刀果断向萨荆砍去。那刀不知是什么质地，短小轻薄，通体闪着银色的精光。

一旁的阿麟似乎感到了危险，它刚要发起进攻，便见萨荆手中的木矛已然挡住砍来的短刀。但是，木矛毕竟是木矛。两人几招后，木矛断成了两截。

萨荆挥舞着断成两截的木矛，竟十分得心应手。在黑影袭来的时候，他一个迅速的转身，木矛直奔黑影咽喉。这本是致命的一击，但黑影迅速而敏捷地躲开了，并且一跃而起，落到几米开外。

“你是真的睡着了，还是假装的？”黑影问道。

“真的，”萨荆道，“不过被你的刀光晃了眼睛。”

“嘿嘿，原来……”黑影说着，便扑向萨荆怀里，“原来哥哥送我这么好看的刀，却有这个缺点。”

萨荆呵呵笑着，搂紧弟弟萨风，“在与敌对战中，这个缺点难道不是优点吗？”

“哥哥怎么说都是对的。要不以后狩猎不用费劲挖陷阱了，只要我躺在地上装死，等到什么猎物来了，我再拿刀给它一击。哥哥，你觉得如何？”

“就你主意多，不过你的功夫倒有长进。”萨荆笑着道。

“那是，你的长矛再快也伤不了我。对了，比武会快要开始了。到时，哥哥要小心，我可不会手下留情。”萨风一脸傲娇地说道。

“你最厉害行了吧。”萨荆无奈地道，又惊奇地问，“对了，你怎么会来这里？”

“他来这里，自然是看你还有一口气，还是已经被人家大卸八块了。”一个洪亮的声音从树林中响起，接着一个身材魁梧，手执长矛的雪藏族汉子从林中走出。汉子的身后还跟着两个同样身体强壮，但身材有些矮小的雪藏族青年。

萨荆松开萨风，向那汉子奔去。

萨风却抢先一步扑在汉子身上，嚷道：“我赢了，这次打赌我赢了。我可比你们早到了好一阵。”

“好，好。”汉子爽朗地笑着，“你们萨家的小子一个年纪轻轻就轻功卓绝，一个竟成了圣女的护卫，出息得很哪。我们雪家是比不了喽。”

旁边的两个雪藏族青年撇撇嘴道：“那要等到月光湖之会后，才能下结论。”

萨风正待争辩，雪藏族汉子伸出另一只手摸了摸萨荆的头，说道：“这些天，吃苦了吧？”

简单的一句话，萨荆心中一酸，险些落下泪来，但最终他只是摇摇头，问道：“远山叔叔，你们怎么来了？”

“我们来，可不是为了你。”声音来自雪远山的身后，说话者竟是多日未见的小武。他的脸色惨白，眼睛却炯炯有神，“我们要见圣女，她在哪里？”

三十余米长且狭窄的甬道，只能弯腰前行，而雪远山几乎是在匍匐前进。还有阿麟，曲着四肢勉强在甬道中前行。真是苦了它了。通过甬道，便是宽敞的洞穴。洞穴内的洞顶极高，洞壁如同城墙一般向两侧延展，把洞穴围拢成一个巨大的瓮城。而且，洞壁上布满了密密麻麻，不知通向何处的洞口。

在靠近甬道的地上燃着一堆篝火，篝火旁坐着米兰。显然，米兰被萨风之前的动静惊醒了。

一看到米兰，雪远山立即跪倒在米兰跟前。两个雪藏族青年和萨风也跪在雪远山身后。只有小武靠在洞壁上，痴痴地看着米兰。

萨荆看看米兰又看看同族，对眼前的情形一脸茫然。

“我们受千索长老之命，前来护卫圣女的安全。”雪远山道。

“你叫什么名字？”

“雪远山。”

米兰把手抚在雪远山肩膀，雪远山那硕大的身躯竟然微微颤抖，“能够得到圣女的抚礼，是雪远山一生的荣耀。”

“你是一名血魂战士，”米兰忽然道，“你的守护者是谁？”

“没……没有……我族自蛮荒时代就没有守护者了。那……那几乎成了传说……我是自己悟到的……”

“没有守护者的授魂洗礼竟然也能够诞生血魂战士？”米兰喃喃道。

“这的确有些……”雪远山一脸尴尬，“在我族的记载中也只有我一人……千索长老也觉得不可思议……如果您准许，我可以成为您的追随者。”

“追随者，我已经有了。”米兰指着萨荆的方向。

“可是，”雪远山看了看萨荆，垂下头道，“可是，族中传下的古训，追随者必须是血魂战士。”

“他会是的。”米兰坚定地道。

“什么是血魂战士？守护者和追随者又是什么意思？”萨荆忍不住问道。

“你来说吧，不知道你们族的历史还剩下多少？”米兰对雪远山说道。

“你年纪还小，本来还不到知晓我族秘密的时候。既然，圣女有令，那我就说给你听。那是在蛮荒时代以前，至于离现在有多久，已经没有人能够说清了。当时，正逢乱世，我们人类整日陷在与各族的征战之中。”雪远山顿了顿，继续说道，“我族的名字其实叫武藏，只是隐居雪藏高原之后才改为雪藏。我族人数虽然不多，但是人类最强的战士。人类所有的军事机构都由我族掌管领导。其中，最核心的军团，则由武藏族血魂战士组成。这个军团四处征战，很快就平息了古陆的战乱。而参战的各族在战争过后，几乎绝迹。后来，古陆又发生了动乱，武藏族被迫迁徙到杳无人迹的雪藏高原隐居。对于这段历史，我也不清楚。武藏族中并没有留下记载。也许，这段历史它已经湮没在岁月的长河中了。”雪远山回忆着往事，不禁感慨地说道。

“沧海桑田，物是人非啊！”萨荆也有些伤感。

“是啊！这一切都已过去了！”雪远山说着，目光投向米兰，见米兰没有说话，便继续说道：“涅槃族是整个人类的领袖。族中之人身体虽然孱弱，有许多缺陷，但是血统高贵、智慧超群。在涅槃族的带领下，人类从一次次灾难中幸存下来，并最终成为古陆唯一的智慧种族。我们武藏族就是涅槃族的卫士团，每一位涅槃族长老或圣女都会有一名强大的血魂战士保护，可是……”说着，雪远山的神色忧郁起来，“可是不知什么原因，人类后来背叛了他们，视他们为邪恶一族。不仅如此，人类派出军队大肆屠杀涅槃族人，直至灭亡……我们武藏一族为了信守自己的誓言，只好隐居雪藏高原。没想到，几代人的等候，终于等来了一位涅槃族圣女。”

“我们不是涅槃族的卫士吗？我们不是古陆最强的战士吗？我们为什么没能保护他们？”小武突然沉声问道。

雪远山摇了摇头，“为什么？我也想知道为什么。”

“那是涅槃族的悲剧，也是人类的悲剧。无论武藏族曾经做过什么，就为你们坚守誓言，在高原上的等待，足以得到我族的原谅，我可能是最后一个涅槃族人，在我之后，你们不必再遵守誓言了。至于人类，那是我族的宿命。”米兰的语调平缓，没有一丝感情地对众人说道。

“我会保护你的。”小武说道。

一旁的萨荆抬头看了看小武，又凝望着米兰说道：“我们走了这么远，幻雪峰已经不远了。我知道幻雪峰不是你最终的目的地，但无论你到哪里，我都会跟随着你。你说过，我会成为一个血魂战士，你的血魂战士。所以，无论是谁想伤害你，都必须从我的尸体上踏过去。”

“族里派我们来就是为了保护您的安全。我们会在这里挡住敌人，由萨荆陪您继续剩下的路程。千索长老会在冰墟与您会合。"雪远山道。

“你们不知道敌人的厉害，”米兰道，“小武恐怕已经领教过了。”

“虽然吃了一点小亏，可莫要小看我的本事。”小武惨白的脸上微微一红，却笑道。

雪远山身后的两个青年忽然直起身，大声说道：“我叫雪苍，我叫雪穹，我们是雪远山的儿子。我们虽然不是血魂战士，但我们都是不怕死的勇士。”

“我叫萨风，萨荆的弟弟。别看我还小，但我不会输给他们。”萨风也说道。

“硬拼不是办法，”米兰摇头道，“这洞穴应该还有许多洞口。这样你们可以分散开来，把敌人引到其他洞穴去。”

“圣女说的是。这样一来，可大大分散敌人的力量。”雪远山有些激动地说道，这么多年了，武藏这个名字终于可以重见天日。

“正好我和他们要了结一些私人恩怨。”小武抚摸着断臂，轻声笑道。

地上燃烧的篝火不知烧到了什么，忽然迸发出火花……

十、天圣山之战

平静而简单的告别，没有一句多余的话，甚至没有一次回头。

米兰和萨荆从众多洞穴中选了一个不起眼的洞穴后，便带着阿麟向龙吟洞深处走去。

萨荆手持火把走在前面，照亮了周围的一小片空间。

开始的时候，洞穴很狭窄，只有米兰能够直立行走。而萨荆必须低着头才能不被头顶的岩石碰到，阿麟也只能像之前那样曲着四肢艰难行进。好在他们走了一段之后，洞穴便越来越开阔。

不知道走了多久，火把忽然照不见周围的洞壁了，仿佛一下子进入了一个黑暗的空间。萨荆虽然看不到周围的情况，但他知道这个洞穴是另一个洞穴，而且这个洞穴比之前那个要宽大得多。没有认错的话，这里是他曾来过的龙吟洞最深的地方。

绕过洞穴中部一根巨大的钟乳石柱，萨荆找到了通向地底深处的那个洞穴。

抚摸着洞口岩壁上雕刻的矛形标记，萨荆仿佛又回到了童年。

那时，父亲一手拉着他，一手抱着弟弟，站在黑黝黝的洞口前。

“它通向哪里？”萨荆边向洞内张望，边问道。

“这洞直通地底深处，那里有火焰和死亡，”父亲道，“怎么样，敢不敢去看一看？”

“有什么奖励？”萨荆不但没有胆怯，反而顽皮地讲起条件。

父亲哈哈大笑道：“你能够战胜火焰和自己心中的恐惧，就是对你最大的奖励。而且，穿过这个洞穴，你就会看到幻雪峰，那是我们雪藏族的圣地。在那里，你会成为真正的雪藏族勇士，也会知道自己生命存在的意义。”

萨荆听罢，抬腿就向洞中走去，父亲一把拉住他。

然后，他语重心长地说道：“你还小，有许多事情不懂。我们雪藏族曾在这里立下誓言，没有主人的允许，我们只能守候在这里，不能擅自穿过这里。此外，我们还得阻止他人穿过这里。”

“主人是谁？他住在幻雪峰上吗？”萨荆不依不饶。

父亲良久不语，之后，叹息道：“也许有一天，你会幸运地穿过这里。当你迈出那一步的时候，我们雪藏族的时代就将来临。孩子，假如你有幸成为一名真正的战士，你要记住，忠诚和无欲永远是最重要的。”

萨荆想着父亲对自己说的话，此刻，他才明白其中的意思。萨荆看着眼前的洞穴，深呼一口气，迈向了洞中。大地没有颤动，火焰也没有升腾，世界仿佛没有什么变化。

进入洞穴，甬道时而宽阔时而狭窄。在经过了数不清的转弯以及众多的岔口后，萨荆虽然在刻着矛形标记的指引下，没有在洞穴中晕头转向。但是，漫长的甬道让他觉得这个洞穴没有尽头。

走了一段后，萨荆感觉到洞穴的甬道变得向下倾斜。看来，他们已经进入天圣山的腹地，正向山体之下的地层深处走去。

洞中的温度越来越高，如果说之前那个洞穴中的气候是春天，那这里就是酷暑。从小到大，没有离开过雪藏高原的萨荆还从未体验过这么高的温度。身上穿着的皮袄虽敞开着，但额头上不断冒出的汗水还是直往下淌。不仅如此，身上被汗水浸泡的湿淋淋，说不出的难受。再看米兰和阿麟，他们也没有比自己好到哪里去。

此外，洞穴中出现了一股刺鼻的气味，米兰禁不住咳嗽了几声。萨荆嗅了嗅，分辨出这股气味是他曾经在云梦湖边闻到过的硫黄的气味。于是，他提醒米兰蒙住口鼻。但是，硫黄从来都是与火焰联系在一起的，难道地底真的是一片火海？

正寻思间，萨荆忽然感觉到脚下似乎在微微震动。一开始还不明显，随着他们继续走下去，震动越来越强烈。洞穴四周的岩壁开始抖动起来，一阵低沉的隆隆声从洞穴深处传来。

米兰忽然一把拉住萨荆，颤声说道:“我们，我们不能再往下走了，那里只有死亡。”

“我们没有别的路可走。”萨荆说道，“既然部族的标记把我们指引到这里，就一定能通过。”

终于到了洞穴的尽头，可是又出现了新的洞穴，并且比他们刚走过的洞穴又大了许多。不过，这个洞穴中并不完全黑暗，不知从哪里露出来的暗红色光影，映衬得整个洞穴较为明亮。但是，洞穴中弥漫着浓烈的硫黄味，让人窒息。好在此前萨荆和米兰早已蒙住了口鼻，否则一进入洞穴就被熏倒了。即使如此，萨荆觉得头昏脑涨，仿佛眼前有什么东西在飘动。

这里不能久留，必须得离开。

萨荆定了定神，开始找指路的矛形标记。经过寻找，他在一面峭壁上发现了标记。沿着标记望去，矛头指向了峭壁顶端。萨荆看到了一个较大的洞口。再仔细一看，峭壁上有人为凿出的凹坑通向洞口。

萨荆没有犹豫，用绳索将米兰绑在自己背上，然后向上攀去。攀至中途，萨荆嗅到了一丝凉爽清新的气息。看来，他们没有走错。于是，萨荆加快了攀爬速度。终于，他们上来了。这里似乎也是一个洞穴。

萨荆休息了一会儿，便将绳索抛向下面的洞中。还在洞中的阿麟默契地叼住绳索，偏头拽了三下。萨荆得到信息，便向上拉动绳索。这是他们在雪藏高原游猎多年形成的默契。

可是，萨荆把阿麟拉到半空的时候，他有点没力气了。虽说自己的伤已基本痊愈，但是体力远远没有恢复到原来的水平。怎么办？是把阿麟先放下去，自己再休息一下，还是让米兰帮自己一把？正当萨荆犹豫不决时，悬在半空的阿麟，身体突然爆发出一团白光。

接着，萨荆感到手中一轻，向后倒去。他以为阿麟掉了下去，连忙抓紧手中的绳索，向下张望。只见阿麟周身被白光包裹。这白光自己晕迷时隐约在天柱峰顶看到过，也是从阿麟身上爆发出来的。萨荆不知道阿麟为何会这样，在遇到米兰之前，阿麟从来没有这种情况。

萨荆来不及多想，迅速把阿麟拉了上来。就在阿麟上来的一刻，它身上的白光照亮了洞穴。萨荆看到洞穴顶部，倒垂着一个巨大的钟乳石柱。石柱底部粗壮，牢牢地吸附在洞穴顶部的岩石上；而顶端尖锐，如同一柄锋利的长矛。这一定就是父亲说过的毁灭之矛，萨荆想着。只要毁灭之矛坠落，天圣山脉就会在顷刻间灰飞烟灭。

“我们走吧。”米兰出声说道。

于是，他们又往前走去。

萨荆觉得洞穴在逐渐向上倾斜，因为他和米兰的气息有点乱。但是，他们没有停下脚步。就这样，他们走了多天后，终于看到了一缕久违的阳光。

龙吟洞口。

楼兰士兵沿树林边缘一线排开，队形看似松散，其实已成包围之势。

祈辉缓步从树林中走出。

探马指了指洞口，又退回他的身后。

祈辉向上望去，映入眼帘的是一个雪藏族中年武士。他身材魁梧，与自己的士兵相比，简直就是巨人。巨人手中拿着一根长矛，身边站着一个雪藏族小孩，在洞口附近还有两个青年，但看不清面容。

“就是你们伤了小武？”巨人先开了口，洪亮的声音在山间回荡。

“他还没有死吗？”祈辉故作惊奇。

“他若死了，今天你们谁也别想活着回去。”巨人吼道，“不过，只要交出凶手，你们就可以走了。”

祈辉身后的楼兰骑兵爆发出一阵嘲笑声。

“既然你认识他，就一定知道他的下落。”祈辉微笑道，“恐怕你得先把他交出来，他可伤了我好几个人。”

“要是这样，我们两边就算扯平了，”巨人有些示弱，“你们走吧。”

又是一阵哄笑。

“看来小武就在洞里，我们要进去搜一搜。”

“那可不行。不过，你可以派个人过来，我们谈判一下。”

这巨人明显在装傻充愣，拖延时间。祈辉观察着地形，地上散落着一些树干，看样子是刚砍下来。巨人站在斜坡上部，占据着优势地形。洞口的两个青年，每人面前放着一堆石块，一定是投掷用的。看来，他们已经做好了战斗的准备。

祈辉沉下脸道：“既然你们已经准备打仗，那亮兵器吧！”说罢，转身走回阵中。士兵们已经从他身边蜂拥而上。

二十几个士兵冲到距离巨人不远处就放缓了脚步，他们在故意吸引巨人前来应战。只要巨人来到斜坡中部，便会落入投矛和弓箭的陷阱。

果然，巨人中计。他一把拉起旁边的小孩，怒吼一声，拔腿向山坡跑去。

见此情景，早已准备就绪的投掷手和弓箭手立刻出手。接着，羽箭和投矛如雨点般落向巨人。

巨人的脚步并没有停留，他的速度太快了，箭与矛纷纷落在他的身后。而与他一起的小孩不知何时抽出一柄精光四射的短刀，麻利地挡开了迎面而来的七八支羽箭。不仅如此，巨人抓住时机，双手分别抄住一支投矛，反手掷了回去，一下洞穿了两个士兵的胸膛。

士兵们急忙张弓搭箭准备第二轮攻击，但是这一波攻击还没有开始，就被洞口处的两个青年掷出的石块打乱了阵脚，引来一阵混乱。就在这当口，巨人业已杀到，他的到来，带来了更大的混乱。

六支长矛对准巨人，想挡住他，却被他用长矛格开。接着，巨人一抡长矛，两个士兵纷纷倒地。一眨眼的工夫，巨人已冲入楼兰军队的核心。四五个士兵应声而倒。那个小孩更加凶狠，刀势简单而凌厉，每出一刀都直奔对手的咽喉，没有一点心慈手软。

祈辉站在远处观望，嘴角不禁露出一丝冷笑，心中已然有了主意。自己的手下一个个和他单打独斗，不知会有多少人伤在他手中。现在，他却主动投入阵中，纵有三头六臂也别想再冲出去。祈辉不禁想起了小武，那可是个天生的战士，不仅武艺娴熟，意志坚韧，而且……祈辉想象着当时的情景：小武背靠古树，双手虽然垂着，但无形的刀气已笼罩面前十余米。即使战斗失利，小武可以在浓密的树冠掩护下逃走。但愿他真的还活着，祈辉心底有些怜惜。

此时，战场上的形势发生了逆转。

楼兰军队迅速从混乱中调整过来，弓箭手和掷矛手已经撤到阵外，正在重新集结，而步兵则将巨人层层围裹，数不清的长矛向巨人刺去。这种情况下，以一人之力抵抗几十人的进攻，再高强的武艺也没有用武之地。

果然，巨人一味躲闪，并没有发动进攻。不知道是不是顾虑到身旁小孩的安全。但是，包围圈一步步缩小。

忽然，祈辉看到，巨人倒下了。

“不好。”黑衣老人在背后惊呼。

祈辉还没来得及反应，就见阵中人群最密集的地方，仿佛突然生成了一股龙卷风。十几个士兵被强大的气流卷入空中，甩向四面八方。在一阵惨叫声中，士兵们又纷纷掉落。巨人站起来了。他的身上都已经被鲜血染红，怀中抱着一根树干，几柄刀剑嵌在树干上。

“上当了。”祈辉顿悟，“原来，他故意陷入包围是为了获得最大的杀伤力。”

阵亡十八人，重伤二十人，轻伤不计，伤亡数字很快报了上来。在这短短的一瞬间，士兵竟然伤亡了一小半。

巨人得到喘息的机会，转身牵着小孩，向斜坡上跑去。

祈辉压着怒火，手不禁向裂天刃摸去。

“给我站住。”祈辉身边传来一声怒喝，“自我踏上这雪藏高原以来，尔等小族不仅屡次刁难滋事，而且无故伤我将士。难道真以为我楼兰无人了吗？”话音刚落，黑衣老人已经站在斜坡上。

巨人转身，盯着黑衣老人，说道：“你们在平原上以大欺小也就罢了，来到雪藏依旧以大欺小。你们竟以百人之众，不远万里追杀一个弱小女子，嘿嘿……雪藏再大也容不得你们横行。小族？是啊……我们也快忘记自己的身份了。不过，当我们重新站在古陆大地之上，你们就会知道什么是恐惧。”

“武藏族的武士啊。即便你已经成为一名血魂战士，也不用这么夸口。”黑衣老人傲然而立，“现在的古陆已经不是从前了。你们的时代已经过去，并且永远也不会再来。”

巨人神色凝重起来，拍了拍小孩的肩膀，示意他回到洞口去。然后，他仔细打量着老人，“看来，就是你伤了小武。”

“我已经手下留情了。你们武藏族在这里生存不易，也吃够了苦，不要逼老夫动手。”

“只要打倒了我，武藏族就没人能够拦得住你了。”巨人淡淡说道。

黑衣老人点了点头，七八支散落在地上的长矛忽然落入他的手中。只见黑衣老人的手一扬，那些长矛飞快地射向巨人。

与此同时，巨人手中的树干也已出手。

四支长矛在空中与树干相碰落在地上，另外三支已经到了巨人眼前，他根本来不及格挡，胸前就被划开了三道口子，鲜血从伤口中涌出。

再看黑衣老人，仍旧站在原地，毫发无损。

巨人撕开衣服缚在伤口上，“记住，我叫雪远山，拿出你的兵器吧！”说罢，一纵身跃上斜坡顶端。随后，他手执长矛，纵身跃入空中，如同一道闪电般向老人攻去。

黑衣老人抬头望去，刺眼的阳光，让他连忙向后闪去。

雪远山的这一招计算得极为精准。因为他背后刺眼的太阳，对手根本看不到自己身形的变化，而无论对手如何躲闪却总在他的俯瞰之下。所以，他才发动了进攻。

黑衣老人情急之下，抱起一根树干，迎着长矛掷去。

长矛没有收势也没有格挡，径直刺入了树干。可以想象，对面要是血肉之躯的话，绝无生还的可能。

可是这一次，雪远山对面的老人实力深不可测。只见他一闪身，轻而易举躲过了这致命的一击。

雪远山见状，双手一震，树干顿时碎裂成木屑，向老人射去。紧接着，他挥动手中长矛向处在木屑中的黑衣老人扫去。说时迟那时快，黑衣老人双臂运力，竟堪堪接住了雪远山的这一击。战斗变得胶着，雪远山与黑衣老人暗自发力，均不退后一步。

所有人都目不转睛地注视着斜坡上的战斗，祈辉却感到背后掠过一丝寒意，那是在无数次出生入死的战斗中练就的敏锐直觉。他本能地向旁边一闪，前面的士兵就发出一声惨叫，倒了下去。再看，士兵的后背裂开了一道深可见骨的伤口。

祈辉来不及拔剑，连剑带鞘向身后刺去。在与身后的武器相碰的一刹那，他只觉手腕一震，长剑险些脱手。借着这一瞬间，祈辉转过身，就看到了小武那张熟悉的脸。

“没想到你年纪轻轻，就有这般武艺。若是再练几年，你肯定会更有出息。”小武老气横秋地说道。

祈辉暗暗心惊，一方面，他惊讶于小武重伤竟然没死；另一方面，他惊讶于雪藏族竟然在战术上也如此厉害。五个人配合得天衣无缝。两个在前面叫阵，吸引众人注意；一个在背后偷袭，试图擒贼先擒王；还有两个按兵不动，伺机而行。他们还当真有勇有谋，进退有度。

几名士兵反应过来，挡在祈辉面前，其余的一拥而上，团团围住小武。而小武虽然只剩下一只臂膀，但手中的长刀丝毫没有退缩。不仅如此，他嘴角还带着微笑。

“都闪开。”祈辉拔出剑，“既然你的目标是我，今日你我便做个了断。”

人群纷纷散开，让出一块空地。祈辉缓缓上前，身上散发出腾腾杀气。

“为什么不用你背后的武器？”小武忽然问道。

祈辉不答，反道：“既然你少了一只臂膀，我便用一只手与你相斗。”说罢，将剑换至左手，右手背在身后，“只要我出了右手，便算输。”

小武收起笑容，咬了咬嘴角，狠狠地盯着祈辉。然后手持长刀向祈辉袭去。刀光在中途幻化为三道，如同掠过长空的三道彩虹。

战场一时分成两个战场，进入僵持。

斜坡之上，黑衣老人的长袖和雪远山的长矛纠缠在一起，难分难解。

树林边缘，刀光与剑影你来我往交织在一处，已经分不出祈辉和小武的身形。

天圣山麓响彻金铁相撞的声音。

祈辉与小武斗得甘畅淋漓，两人所持兵器所发出的强大剑气，竟逼得观战的士兵一点点向后退去。要不是小武重伤初愈，绝不会仅仅是处于不败之地这种局面。反观雪远山与黑衣老人之前的战局，已渐渐明朗。

只见两人纷纷出招后，老人如同断线的风筝，翻滚着落下斜坡，重重摔倒在地。而雪远山在坠地的同时，口中鲜血狂喷而出，身形晃了晃，随后倒地。

黑衣老人狼狈地爬起，调理内息后，手中幻化出剑气，便向雪远山扑去。

雪远山想站起来，却没有一点力气。而黑衣老人的身影在他的瞳孔中急速扩大……

祈辉不得不佩服小武的武艺，他竭尽全力也不能置小武于死地。有一瞬间，他甚至想伸手去拿裂天刃，可是他克制住了。正当祈辉想要重新进攻时，小武突然从他眼前消失了。

就在黑衣老人的剑气给雪远山致命的一击时，一柄长刀迎了上来阻挡了剑气。黑衣老人自认为自己的无影剑气已经凝聚到六重，没有人能够阻挡。可此时，竟被一个小孩阻挡了。黑衣老人不禁有些气愤，他往下运力，长刀一下裂成了碎片。

与此同时，小武抱着雪远山从原地滚开，并拔腿向洞口奔去。

黑衣老人没有追赶，过度运用剑气，使他心神俱损。

楼兰士兵们见胜负已分，纷纷向洞口杀去。不料，在洞口早已准备的石块如雨点般的当头落下。当他们强攻到洞口时，小武与众人已经退入洞中。

十一、烈焰

洞穴中一片黑暗，先前燃着的篝火早已熄灭，只有岩壁上一些不知名的矿石散发着极微弱的光。雪苍借助这些光，勉强能够辨别出洞穴的轮廓。但是，自从将一部分楼兰士兵引诱到龙吟洞，他就迷失在这迷宫一般的洞穴中了。

雪苍不紧不慢地在洞穴中前行，洞穴时而狭窄时而宽阔。现在，他就处在一段狭长的甬道中。周围的岩壁像是一身厚重的盔甲，紧紧围裹着他，让他没有活动的余地。而在他的身后不远处尾随着三个楼兰士兵，但他们只是远远地跟着，却不敢贸然发动攻击。

寻着雪苍一路追下来的，一共有十名楼兰士兵，有三个已经倒在雪苍的长矛之下，还有四个不知何时走散在岔路众多的洞穴中，恐怕永远也走不出去了。这三个楼兰士兵苦苦追踪着雪苍，不仅是为了消灭他，更重要的是，在这似乎永远也找不到终点的庞大洞群中，他是他们走出去的唯一希望。因此，他们不急于向雪苍发动攻击，只是若即若离地跟随着他。

前面出现了岔路，雪苍一边向宽敞一些的洞口钻去，一边回头喊道：“有岔道啦，我向右拐啦，跟紧些。”

身后传来金属碰击岩石的声音和急促的脚步声，直到距离雪苍十余步远的地方又慢下来。

雪苍觉得，这如迷宫般的洞穴竟让他和楼兰士兵有了一种相依为命的感觉。

“我说后面的，你们打又打不过我，为什么还死追个没完。”雪苍索性搭起了话。

“单打独斗可能不行，但我们三个打你一个，”一个楼兰士兵冷笑道，“你可一点胜算都没有。”

“死在我矛下的那三个恐怕说不出来这话啦。”雪苍同样冷笑，“有本事就过来比画比画。”

“不急，不急。我们有吃有喝的，不着急。”另一个楼兰士兵慢悠悠地说道。

“这洞越走越深，恐怕没个底。不过，有你们三个陪着我，我死了，也值。”

沉默良久，第三个楼兰士兵说道：“我们的目标不是你。如果你能带我们离开这鬼地方，我们可以放过你。”

雪苍本来想说：自己也是第一次来，真不一定能走出去。但是，他没有说。他知道，只要自己这话一出口，可能就意味着你死我活的生死决斗。于是，他改口道：“要想活着出去，你们就得听话。我现在渴了。”

随着一声低低的咒骂和讨论，一个水袋抛了过来。

雪苍和其他人是在第二个岔洞分手的。在此之前，他们一路上凭借有利地形消灭了二十个楼兰士兵。但是，后面的楼兰士兵见状不仅不退缩，反而杀红了眼，越挫越勇。众人都挂了彩，而雪远山在与黑衣老人的决斗中，受了很重的内伤，无法参与战斗。于是，众人决定分头行动。小武的武艺最强，由他陪着雪远山继续前行，其他人则伺机而动，将敌人分散引至洞穴群中。

分别前，雪远山叮嘱道：“这些洞穴错综复杂，没人知道它们通往哪里。所以，你们一定要小心，不要深入太远。一旦甩开敌人，就赶快脱身。不管是谁，只要走出去，就直接回部族集合。这次的战斗，恐怕仅仅是个开始。”

从父亲的目光中，雪苍感受到深深的忧虑和眷恋。

洞穴中遍布的洞口，仿佛一道道生死门。有的洞口七拐八绕可以转出来；有的洞口却深入地下，是一个死胡同。可是，无论你选择哪个洞口，你都不会知道它意味着生还是死。

不知不觉，雪苍已经走得很远了，而圣女应该也安全离开这里了。自己的使命已经完成，是该考虑脱身了。身后的三个楼兰士兵不是问题，可是该如何走出这迷宫一样的洞穴呢?

不知道又过了多久，也不知道又走了多远，雪苍依然迷失在洞穴中。他有些累了。没有水，没有干粮，他不知道自己还能撑多久。后面的楼兰士兵似乎还有一些水，但他们肯定不会和自己分享了。不久前，他还听到他们起了争执。其中，一个楼兰士兵想冲过来与自己决斗，被另外两个死活拦住了。现在，他们倒是沉默不语，只有沉重的脚步声传来。

雪苍停下来靠在洞壁上休息，脑海里回忆着走过的路，试图从中找到线索。可是没多久，他就放弃了回忆。

忽然，雪苍感觉到一丝异样。一开始他并没有反应过来。但是，他凝神屏息，终于知道了那是什么。那是风！虽然风力是那么的微弱，但雪苍那肯定是风！既然有风，那意味着就有出口。雪苍心中一阵狂喜，迈步向前奔去。

经过两个转弯，洞穴豁然开阔起来，一道阳光静谧地投射在雪苍的脸上。

这是一个圆拱形的洞室，阳光是从洞室上的一道裂缝中投射下来，落在洞口处。洞室的绝大部分还隐在黑暗中，显得古老而神秘。

雪苍还有点愣怔，而身后跟着的楼兰士兵已冲着那束阳光欢呼起来。

然而，他们很快就发现那道裂缝连一只胳膊也伸不过去。并且，从岩石的厚度判断，他们想要凭借手中的武器扩大裂缝，是不可能的。

“门，这里有一道门！”一个楼兰士兵忽然喊道。

众人循声看去，果然，在洞室裂缝的下方有一扇圆形的门。那扇门颜色深沉，锈迹斑斑，竟然是金属质地。

这一新的发现，让此时的楼兰士兵与雪苍暂时放下了仇恨。他们齐心协力去推铁门，但铁门纹丝不动。众人不肯罢休，有的用长矛撞，有的拿刀撬，直到一个个累得几近虚脱，才跌坐在门边。

雪苍借着微弱的光观察铁门，门上规则的圆形和复杂细致的浮雕昭示着它绝非源自天然。可是，铁门镶嵌在周围的岩壁中，根本没有缝隙，如何能够打开呢？至少，蛮力是不可能的。

于是，雪苍又把目光移开，打量整个洞室。地面上虽然布满尘土，但非常平整，没有一点凸起的岩石。洞壁光滑，且颜色五彩斑斓。可见，这洞室也不是天然的。那么，是谁开凿了它，又是出于什么目的呢？雪苍想到的可能，那就是远古时期留下的神庙遗址。如果真是这样的话，这门有上万年没有打开了。他们想要打开这门，简直是痴人说梦。

阳光在缓慢地移动，雪苍忽然发现，洞壁上的颜色竟然是一幅幅壁画。由于年代久远，壁画的内容已经分辨不出。可是，壁画仍然带着一股浓重的历史神秘感冲击着他的内心。

阳光不仅在移动，也在慢慢暗淡。随着最后一缕光线的消失，三个楼兰士兵彻底崩溃了。

逃生的路只有两条：要么砸开铁门，要么离开这里去寻找新的出口。第一条路肯定行不通，而第二条路也是危险重重，只要踏出去，就会重新陷入迷宫般的洞穴中。

雪苍一时没了主意，但他很快冷静下来，并且释怀。也许，这里以前本来就是一座坟墓。只是没有人能够料到，多年后又成了自己的坟墓。

“不知道父亲的伤势如何？有没有脱险？”雪苍望着无尽的虚空心里想着。

“不知道父亲的伤势如何？有没有脱险？”几乎是在同一时刻，

在另一个山洞里，雪穹也在挂念着自己的父亲。这个时候，雪穹已经在山洞的尽头看到一轮即将没入群山的落日。

雪穹是雪远山最宠爱的儿子，因为这个儿子的出生带走了自己的妻子尼亚。那年正值罕见的超长冰期，部族中储存的粮食严重短缺。不得已，族中长老挑选了几个最强壮的青年冒着严寒外出狩猎。雪远山是部族中唯一的血魂战士，自然也在其中。不过，他们这一走，整整八天音信全无。而尼亚怀着雪穹，快要临盆了。但是，她坚持要外出去寻找雪远山，尽管被长老拦了下来。谁都知道，没有人能够在严寒的冬季户外生存八天。雪远山一行可能回不来了。

那天夜里，尼亚偷偷跑出了部族越冬的黑石洞。她虽然在山洞附近找到了快要被冻僵的雪远山，但是把雪穹生在了雪地中。而她自己没有回到山洞就去世了。

因此，雪远山对雪穹格外疼爱。可是，每当提及这个儿子，他总是痛心不已。别的孩子早已经开始习武，跟着大人们外出狩猎，雪穹却只能在营地里帮着妇女们打打下手。不仅如此，或许是因为先天不足，雪穹自从出生就大病小病不断，简直成了雪远山的心病。而雪穹虽体弱，但好歹在各种药汤中长大了。后来，千索长老看中了雪穹，让他跟着自己学习族里流传下来的族史。雪远山这才松了一口气。虽然在阴天或气温骤降的时候，雪穹还有个呕血的毛病，但除此之外，身体倒是长得和其他孩子一样结实。只是他没练过什么武，更没杀过一头野兽。所以在分头诱敌的时候，雪远山对这个儿子最是担心。正好萨风的年纪还小，便让他们两个一起行动，并千叮万嘱提醒他们不要分散。

楼兰骑兵发现他们追的是两个人，人数竟增至二十人。

雪穹在前面跑，萨风在后边抵挡。很快，楼兰士兵将两个人包围。一番混战，雪穹伤了两个楼兰士兵，但自己也被砍了两刀，好在伤得不严重。在跑入一个岔洞之后，雪穹发现，除了紧追不舍的楼兰士兵，自己找不到萨风的踪迹了。

萨风怎么样了？他是遇害了，还是退到别的洞穴里去了？雪穹不知道，也来不及想。后面追来的六个楼兰士兵武艺高强，下手老辣凶狠，雪穹自知不是对手。除了夺路而逃，他别无他法。

过了一段时间，双方渐渐拉开了距离，楼兰骑兵的脚步声渐渐远去，直至消失。雪穹也累得不行了，靠在洞壁上不住喘息。

就在这时，一柄长刀的刀锋从雪穹脸侧划过，自眼角到下巴划开了一道口子。如果长刀速度再快一些，雪穹的整个头颅就要被劈为两半了。

原来，一个狡猾的楼兰士兵循着雪穹的呼吸声悄然跟了过来，并发动了这致命一击。

雪穹挺起长矛刺去，却被对方用刀格开了。几招过后，雪穹抓住时机，拖着长矛向洞穴深处跑去。其实，雪穹并非真的打不过对方，他只是从来没有杀过任何一个生命。换句话说，要亲手了结一个生命的时候，他下不去手。所以，他只有逃。而这一逃，雪穹就不知过了多长时间，穿过了多少个洞穴。

让雪穹没想到的是，跟着他的楼兰士兵竟然没有被甩掉。不仅如此，雪穹的腿上又被砍了一刀。

这段时间雪穹虽是慌不择路地沿着洞穴奔跑，但是经过的每一个岔洞、每一个拐弯他都记得清清楚楚。加之，他从小就异于常人的方向感和超群的智力。其实，他已经有了大概的出口路线。换句话说，雪穹表面在逃跑，实际上，出口已经不远了。但是，他还不能出去。他必须寻找机会甩掉身后的楼兰士兵，否则出去，就意味着死亡。

现在，机会出现了。

前方的洞穴宽度狭窄，地面有一块凸起的地方却上升起来，并且慢慢倾斜，形成了一道陡坡。在陡坡的一侧露出了一个洞口，旁边还有一个像是机关的岩石块。

雪穹见状，加快了脚步，冲到陡坡一侧，纵身跳了进去。在跳进去之前，他用长矛毁掉了机关模样的岩石块。只听一声巨响，露出的洞口恢复了原状。

雪穹打量了一下自己身处的洞穴，见没有异样，便转身离去。虽然没了追兵，但他的脚步没有放慢。他一点也不想在这个地方多待一会儿。

转了几个弯，一阵清凉的空气涌进洞中；又转了一个弯，洞穴分成了三个岔洞。其中，一个洞口泛着红彤彤的光亮。

雪穹一下子放松下来，这才觉得浑身酸软无力，一点力气也没有。但就在这一刻，危险的感觉再次冲击他的神经。他扭过头，借着昏暗的阳光，看到了一柄闪着寒光的长刀，而执刀的是一个须发皆白的老年武士。

这一次，雪穹没有像之前那次一样。他虽然看到了对手，但没有躲开这悄无声息的一击。长刀刺穿了雪穹的右腹，同时，他的长矛也已经抵着老年武士的咽喉，却没有刺下去。

时间仿佛停滞了。雪穹一边忍着腹部火辣辣的疼痛，一边犹豫着是否刺穿对方的喉咙。而老年武士也不动，因为对方锋利的长矛就顶在自己咽喉，只要稍一用力……但是，他不明白对方为什么还不动手。本来，自己那一刀是必杀的一刀，没想到因为对方的转身不仅刺偏了，反而把自己陷入险地。然而，他注意到对方的眼中并没有杀机，拿着长矛的手也在颤抖。随即，长矛落在地上，对方仰面向后倒去，无力地躺在地上，鲜血不断地流淌出来。

这对于老年武士来说，是个置对方于死地的机会。但是，他犹豫了。而就在他犹豫的一瞬，右臂一阵火燎般的剧痛。接着，他看到自己拿长刀的胳膊脱离了身体，后背又被一柄铁锤击中的同时，身体腾空而起，重重跌落在地上。

老年武士飞出去的时候，雪穹看到了萨风瘦小的身形。他的身上满是鲜血，像个血人。

“这个家伙鬼鬼祟祟的，就知道他不是好人。没想到，我还是来晚一步。”萨风对着雪穹咧嘴一笑，露出两排洁白的牙齿，“看样子，你还死不了。”

“你的伤好像比我重。”雪穹反驳。

“这血可没有一滴是我的，”萨风又笑，“全是我砍别人时溅的。嘿嘿，一共十三个，还不算这一个。”

说罢，萨风没有去搀扶雪穹，而是从他身边跃过，准备先一刀了结了老年武士。

“他已经废了，就……就放过他吧。”雪穹说道，眼前一阵晕眩，随即昏了过去。

雪远山从昏迷中苏醒过来的时候，不知自己身在何处。

他记得自己昏迷前，是和小武沿着刻有部族标记的洞穴一直向前跑。但是，没过多久，楼兰军队的主力就追了上来。于是，小武一边掩护自己，一边后退。好在洞穴狭窄，楼兰士兵纵然人多也没有用武之地。但是，随着一个较为宽阔的洞穴的出现，原本行动受限的楼兰士兵突然进攻。先是几个人挡住了去路，然后其余的人将他们团团包围。

眼看着，一场血战不可避免。

唯一的办法是，突破包围，进入不远处重新变窄的洞穴。雪远山给小武一个眼神，就和小武调换了位置。自己挡住蜂拥而来的敌人，小武去解决守在洞口的几个敌人。

雪远山虽然伤得不轻，只能勉力支撑，但是他手持长矛一下刺穿了两个楼兰士兵的胸膛。第三次刺出的时候，雪远山的长矛被一柄战斧挡开了。接着，手持战斧的楼兰士兵猛然发力，挥着战斧不断向雪远山砍去。一下，两下，三下……雪远山边用长矛抵挡边后退，他只觉喉头一甜，一口鲜血喷出。然后，自己眼前一黑，便什么也不知道了。

现在，周围不再是一片漆黑，而是如夕阳一般的暗黄色。不仅如此，一个巨大的钟乳石柱在翻滚涌动的烟雾中时隐时现。难道这里就是千索长老提到过的雪藏高原离地心最近的地方？

雪远山来不及观察洞穴，身后便响起了密集的金铁撞击声。他侧头一看，就看到了小武。只见小武正堵在洞口，手中的一柄长刀不断与向他刺来的金铁相撞。

“我来帮你。”雪远山说道。

“你还是多歇歇吧，”小武嘴角露出自己的招牌微笑，“这里人多了也施展不开。”

雪远山点了点头，重新打量洞穴的环境。他一边寻找出口，一边把目光重新投向小武。武家是武藏族的习武世家，虽然在自己所知道的历史中还没有出过血魂战士，但是看小武的资质简直就是天生的战士。与自己的武艺相比，小武丝毫不逊色。雪远山一时竟有些羡慕武烈。

“我看这烟雾不对，还是快找出口吧。”小武低声道，说话间，低头躲过了一柄砍向脖颈的短刀，而短刀随即带着一只断手飞向了空中。

“已经找到了，你先退下，我来抵挡一阵。”雪远山道。

“你先走，我没受伤，可比你容易脱身。否则等那两个冤家上来，咱可都没法走了。”

雪远山不再言语，转身向洞穴深处跑去。但是，在他刚跑到出口所在的断崖的时候，就听到小武一声惊喝。随后，他手中的长刀不知碰到了什么东西，一下碎裂成十数段。

“小武，”雪远山回身喊道，“快到这里来，我来抵挡。”

小武闻之，纵身一跃，一下跃到了雪远山身旁。

“出口就在断崖那里，快走，圣女还需要你来保护。”雪远山边说边把小武推向出口方向。

小武脸色煞白，眼中布满血丝。他看着雪远山，没有说话，咬了咬牙，向出口跑去。只见身影一闪，便消失在黑沉沉的山洞中。

小武前脚刚走，楼兰骑兵后脚就到，且人数不下三十个。不过，对方也已经到了强弩之末，不仅气喘吁吁，将近一半人身上鲜血淋漓，甚至有两个断了手臂。所有人的眼睛都燃烧着火焰，像是要把一切都毁灭掉。

雪远山靠在岩壁上，望着这些已经疯狂得忘记了自我的楼兰士兵，似乎意识到了什么。他冷静下来，眼中没有愤怒，也没有了杀机，反而一片明澈。

一老一少两个熟悉的身影出现在洞穴中，意味着战斗开始了。楼兰士兵不顾自身的防御，疯狂地扑上来。

雪远山抡动长矛将冲在前面的五个人扫翻在地。其中，三个人虽然脊柱断了却没有死，两个人在挣扎着向雪远山爬来。但是他知道，自己真正的敌人是那一老一少。

然而，这一老一少的目标并不是雪远山。只见他们越过雪远山，直接向小武离去的方向追去。就在两人快到出口之际，雪远山催动全身力量，将手中长矛奋力掷去。

可惜，长矛被黑衣老人的衣袖轻而易举地化解了全部力量，掉落在地。

与此同时，十几支的兵器刺入了雪远山的胸膛。

那一刻，雪远山没有感到疼痛，他只是不甘心。作为武藏族唯一的血魂战士，自己却不能保护好圣女。他不甘心，他太不甘心了。可是，他又能做什么呢？看着敌人的身影消失在出口处，他无力地倒下了。

十二、冰墟

在得知圣女来到雪藏高原之后，千索长老计算了行程，就立刻派遣雪远山等人前往天圣山。由于现在不是冬季，部族的各个家庭都散落在雪藏各地。于是，千索长老只好派人通知所有人向幻雪峰汇集。圣女的召唤是武藏族最重大的事，千万年的禁忌已然被打破。

对此，武烈有不同意见。他认为，时代早已变迁，没有必要为一个古老传说中的族训而兴师动众。千索长老没有理会武烈，反而要他一同前去。

安排妥当之后，千索长老就带着武烈向冰墟进发。而他之所以没有和雪远山等人同去，是因为在此之前有一些重要的事要做。

他们没有经过龙吟洞，而是从天圣山脉与断裂山脉交界的无月地峡进入，过黑冰之渊，穿长风峡谷，越玉林冰瀑……路程虽近，却凶险无比，沿途鸟兽绝迹，天堑重重。好在一路平安，千索长老和武烈提前两天抵达了幻雪峰下的冰墟。

冰墟这个地方已经让千索长老魂牵梦萦了一生。他虽然没有来过冰墟，但对它非常熟悉。族史中的冰墟与如今的冰墟完全不同，它建造在神迹原核心，是一座雄伟的城市。武藏族就曾经驻扎在这里，守护着幻雪峰上的涅槃族神殿。后来，武藏族离开了这里，开始了居无定所的流浪生活。冰墟也就渐渐败落，逐渐被冰雪覆盖，成了鸟兽绝迹的死城，无人知晓的遗迹。千索长老本以为有生之年无法亲眼看一看先祖们的发源地，没想到，圣女出现了。

他们穿行在冰墟之中，脚下曾是一条宽阔的街道，而现在已经被冰雪淹没，成了野径。

街道两侧规模庞大却没有规则形状的一栋栋建筑，皆被冰雪覆盖。

千索长老还记得族史中说：藏书楼是一栋有着拱形穹顶的四层建筑，由白色岩石砌成，供武藏族的族人学习古陆的历史和技术；沿着藏书楼向前是一幢下窄上宽的建筑，其顶部有一个宽阔的平台，上面放置着各种神秘的仪器。这里是涅槃族的先哲们研究星空奥秘的地方；从这里向前，就到了圣女的行宫。行宫虽小，像一座普通的民居，但是这里是圣女接见武藏族长老的地方。圣女是极少自己来这里的；拐过行宫，就是武藏族武士习武的训练场，几乎所有的血魂战士都在这里接受过近乎残酷的训练；训练场周围低矮的建筑是武士们的行营和武器库……

如今，这些建筑还存在，但它们只是被冰雪凝固着当初的形状，内部早已腐朽。一旦没有了冰雪的支撑，它们会在顷刻间轰然坍塌。

冰墟，这个神圣的地方，已经不复存在了。除了遗迹，曾经极度辉煌的文明也已经不复存在了。

一路上，千索长老不语，武烈不语，他们的目光迷惘而落寞……

走过凌乱的遗迹，千索长老和武烈来到冰墟的核心地段。这个地方是一个开阔的广场，在广场的中心孤零零矗立着一座被厚厚的冰雪覆盖着的金字塔状的建筑。

千索长老和武烈站在这座建筑前，两人都没有说话，只是看着它。良久，千索长老在底部看到了一个凹陷的地方。他伸手拂去表面的积雪，露出半透明的冰层。接着，他向内望了望，可惜冰层太厚什么也看不清。

千索长老深思了一下，忽然反手摘下背后的猎斧，朝着冰层砍去。

武烈看着千索长老，不解地问道：“你干什么？这里面有什么吗？”

“不知道，但肯定有一些东西对我们非常重要。”千索长老答道。

武烈想了想，摘下长矛，也动手凿起来。良久，他突然问道：“是不是那些石头告诉了你什么？”

千索长老似乎没有听见他的话，仍旧奋力地敲击着冰层。

武藏部族收藏着一些从远古流传下来的魂石，这些魂石的外表与普通的鹅卵石没有分别，只是上面刻着一些谁也看不懂的图饰。除此之外，只要你抚摸魂石静静冥想，脑海里就会出现一些奇异的景象。魂石总数不过十几块，分别由一些大的家族保存。其中，武家保存的一块魂石记述着各种最深奥，最具威力的武艺的修炼方法。而在千索长老那里保存着六块，现任长老在去世前会交给下一任长老，这六块魂石的内容从不对外泄漏。

千索长老来到冰墟确实是因为这六块魂石，每块魂石有拇指大小。此时，它们就在千索长老贴身的皮囊内。这些魂石记载着古陆远古时代的景象和武藏族的历史片断，除了千索长老之外，没有人知道这一点。但是，这六块魂石只有三块有内容，其余三块从来没有过什么反应。可是不久之前，没有反应的一块魂石似乎被激活了。千索长老反复做着一个奇怪的梦……

一整天，千索长老和武烈都在不断地凿着冰层。现在可以看到，凹陷的地方已经变成了一条七八米深的甬道。而构成甬道的石块被切削得十分规则。堆砌在一起几乎看不到接缝。只是石块的表面斑驳不堪，不知经历了多少年的风雪。

中午时分，千索长老和武烈挖出了两扇倒在地上，碎裂成了几块的石门。石门上面刻着复杂的图案，他们看不懂什么意思。但是，石门之后，仍然是厚厚的冰层。

夜幕来临，气温骤降，风也大了起来，冰原上飘起漫天飞雪。

眼前变得漆黑，千索长老和武烈只得停手，把石门重新立起来勉强遮挡寒风。他们不敢用凿下的冰块，否则一夜醒来冰块早已凝固，就再别想出去了。

平时两个人就不怎么和睦，彼此很少来往。此时，两个人也没什么话说，各自吃了些干粮就蜷缩在角落里和衣而睡。但是，两个人又都心事重重，加之天气寒冷，辗转反侧了很久也无法入睡。

“没有人会想到，这里曾经是如此辉煌。”武烈忽然说道。

“现在这里只是一片废墟。”千索长老说道。

“我在石门上看到了一个图案，那是我们武藏族的图腾。”武烈不解，“可是，这里看上去有几千年没人来过了。这是怎么回事呢？”

“这有什么稀奇，这里原本就是我们武藏族建造的。我们的先祖就居住在这里。”千索长老的声音有些忧郁。

“那我们为什么要离开这里？”

“因为我们亲手把它毁了。”

“这到底是怎么回事？”

“我也不清楚。那段历史早已湮没，并没有留传下来。”

“你应该告诉我真相。”武烈忽地坐起身。

“真相重要吗？这里早已不复往昔，那段历史早已过去，我们所要做的是向前看。”

“我总该知道为什么要来这里？”

“这里的存在是为了守卫幻雪峰上的圣女。圣女不在了，这里也就失去了存在的意义。现在，圣女回来了，预示着文明的曙光将重现古陆，城市将被重新建立。而我们武藏族也将重新迎来我们的时代。”千索长老的声音有些激动。

“我真是不明白，明明我们自己很强大，只要行动起来，整个古陆都会是我们的天下。可是，全族非要死守着那个誓言，在这冰天雪地的雪藏高原苟且偷生。我们是武藏族人，我们本该纵横古陆！行，苟且偷生也就罢了，可是……”武烈越说越生气，“如今，竟把我们武藏族的命运交给一个默默无闻的女孩，简直可笑至极！我们，我们应该依靠自己！”

“住口！你还是不是武藏族人。难道你连先祖的遗训也要背弃吗？”

空气骤然凝固，外面的风声仿佛一下子尖锐起来。

许久，千索长老的语气缓和下来:“我族确是古陆武力最强大的部族，没有哪一方势力能够威胁到我们。而这里也确实是毁在我们自己手中。我们空有强健的体魄和绝世的武艺，却不知道该怎样管理一个国家，建立文明。一旦我们自己的野心膨胀而又无所顾忌，整个古陆就将血流成河，毁灭在即。”

“没有什么是不能改变的，除非我们连自己都不相信。”武烈并不退让。

千索长老又沉默了片刻，叹息道:“人的欲望是非常可怕的，它会毁灭一切。那是很久之前，因为欲望，一场灾难降临在古陆，几乎毁灭了一切。就在这里，武藏族发生了分裂。几个贵族阶层的家族联合起来发动反叛，试图建立一个新的帝国。为此，反叛者大肆屠杀手无寸铁的涅槃族人。然而，极度的残忍使反叛者众叛亲离，遭到了武藏族的围攻。战斗就此爆发。反叛者虽然人数不多，但全部是身负绝技的血魂战士，他们一度占了上风。最终，是隐居在幻雪峰顶的圣女出手才使得战局陡转直下，反叛者被消灭殆尽。可是，涅槃族和武藏族也损失惨重。最痛心的是，武藏族失去了涅槃族的信任。幸存的涅槃族人离开了幻雪峰，离开了雪藏高原。从人类文明建立，武藏族就是涅槃族的守护者。可是那一次，涅槃族没有让一个武藏族人的血魂战士跟随。他们离开之前留下一句话：如果武藏族还相信涅槃族，还忠于自己的信仰，就留在雪藏高原上以苦修来证明。直到有一天，涅槃族圣女重返幻雪峰。”

千索长老顿了顿，又道：“这些年来，我忽然明白了涅槃族的深意。高原虽艰苦，但平静的生活可以慢慢洗涤我们心中的血性。如果当时任由我们闯荡古陆，那欲望和残忍会让我们像那些反叛者一样自取灭亡。”

“涅槃族真的有那么强大的力量和智慧吗？”武烈道。

千索长老警惕地看着黑暗中的武烈：“你应该早已注意到，部族的其他家族总是对你们武家保持着距离。这是因为，在那场反叛中，武家也参加了反叛。不同的是，在圣女到来之后，武家幡然悔悟弃暗投明。因此，武家才继续留在了武藏族中。所以，武烈，各个家族都有自己的使命和责任。而我们武藏族的使命和责任，就是涅槃族。”

武烈不再言语，似乎是睡着了。

千索长老却没了睡意。或许是上了年纪，他不知不觉也昏睡过去。

风声整宿都在呼啸，像贯穿了历史的笛音在呜咽。

暗夜，无星无月，天与地都沉浸在黑暗之中。

有光，是火光。

一幢幢雄伟的建筑升腾着滚滚浓烟，天空仿佛被浓烟染成了一团黑色。火焰吞噬着这些花费无数人力、物力才建立起来的奇迹般的建筑。人们在街道上四处奔跑，每个人的眼中都流露着仓皇与绝望。千索长老认识这里，这里是族史中记载的冰墟，武藏族的母城。

起初，战斗在城市的各个角落进行，后来，渐渐地集中到广场附近。双方人数极为悬殊，一方有近一万人，另一方不过两千，但战况却截然相反。人少的一方每个人都披挂着金色的盔甲，在火光的映衬下显得威风凛凛。他们砍杀的动作迅疾凌厉，所向披靡。

人数众多的一方大多穿着银色铠甲，许多人还身着便装。他们竭尽全力也无法抵挡对方的攻势，只能不断撤退。撤退的路上躺满了残缺不全的尸体。

在广场的金字塔形建筑附近，处于劣势的一方停止了退却。他们背靠着这座建筑物开始了殊死抵抗，没有人再退后一步。

最惨烈的战斗在这里展开。没有撕心裂肺的惨叫，也没有绝望的呻吟声，只有不断响起的密集的金属撞击声、沉重的喘息和一声声坚强的闷哼声。没有人能够抵挡金甲武士的进攻，他们像一架配合默契的战争机器，无情地绞碎挡在面前的一切。

一个又一个的人倒在金甲武士的利刃之下，一个又一个的人再次冲上去。银色盔甲一方的人数在迅速减少，但他们面无惧色，仍然前仆后继。这是一场没有悬念的战斗，在血魂战士面前，他们没有一点胜利的希望。可是，他们心中的信念支撑着他们宁可战死也不会后退半步。

突然，一道巨大的光柱从金字塔形的建筑顶端冲天而起，刺眼的光芒淹没了一切。

当千索长老再次看到冰墟的时候，战斗已经结束。大火已经熄灭，只有一些地方还飘着缕缕黑烟，但城市已变成废墟。

人们聚集在广场上，垂手肃立。每个人的眼中都流露着痛苦与悲伤。光芒已经消失，金字塔形的建筑又恢复了原状。而在建筑的入口处，千索长老看到了圣女和其他涅槃族族众。他们只有四五个人，正在登上一架由四匹银光骑拉的篷车。然后，人们看着篷车开动起来，消失在远方。

一个时代结束了。

天空中虽然没有阳光，但是看得见云彩。

云卷云舒，时光流逝。金碧辉煌的建筑变成了灰色，变成了黑色，又被漫天的飞雪淹没。

又一个时代开始了。

沉寂的冰墟再度出现了人类，这是一支人数众多的队伍，诸多不同的旗帜显示着他们来自不同的种族。千索长老看到圣女在一位身着金色盔甲的血魂战士陪伴下，走在队伍的前面。虽然圣女的面庞陌生，但是千索长老知道，她就是自己即将迎接的人。看着这冰封的银色大地，千索长老忽然明白了，这不是从前，也不是历史，这是未来！

浩浩荡荡的队伍穿过冰墟，在广场上停下来。只见几十个高大魁梧的血魂战士聚集在金字塔形的建筑前，挥动巨斧开始开凿冰封的甬道。广场上鸦雀无声，所有人的表情都严肃而紧张，好像有什么灾难将要降临。

明明是白昼，天却阴沉得像是夜晚。浓重的乌云低低地压着冰墟，不断地翻滚涌动。

那些挥动巨斧的血魂战士不吃不喝，一刻不停地凿击着甬道。两天过去了，有人累倒，又有人补充上来。他们已经深入地下，但从他们紧张的眼神来看距离目的地仍旧很远。千索长老知道，他们想要开启远古的神秘遗迹，获得圣光。

就在这时，一股骚动在人群中扩散开来，众人的目光突然望向天空。千索长老也仰头望向天空。在东南方向的天际，黑色的阴云变成了金红色的彩霞，彩霞后面似乎有什么东西正在靠近。但是，那不是太阳，它的亮度超越了太阳。千索长老感到了焦灼的热浪。

一切都晚了。彩霞迅速扩展，染红了整个天空。空气中的温度急剧升高，高得让人透不过气。

忽然，千索长老听到一声尖锐的啸声由远及近。转眼，啸声就变得震耳欲聋。他挣扎着向啸声传来的方向看去，只见天边一道无边无沿的火墙正在以不可思议的速度向冰墟推进。

幻雪峰上的万年冰雪瞬间融化，露出了青色的山体，随之轰然坍塌。

这是古陆最后的时刻，末日已然来临。

在被烈焰吞没的一瞬间，千索长老看到了圣女，而圣女也正望着自己。她的手指着深深的甬道，脸上写满了期望。

千索长老从噩梦中惊醒，他望着甬道外的夜空，久久都无法从梦境中出来。这个梦一直困扰着他，梦中的情景是那样的真切，让他简直分辨不出真实与梦境的界限。但是他知道，这个梦一定在向他暗示着什么。

良久，千索长老叹了口气，站起身来。他发现武烈表情有些怪异地看着自己。难道说，他也做了同样的梦？

“我们还要不要继续挖？”武烈问。

千索长老点了点头，又操起了猎斧。这个离奇的梦让他迫切地希望凿开这些冰层，去探察里面的奥秘。

然而，千索长老失望了。他们一直干到中午，冰层依旧是冰层，根本看不到其他物体。看来，他此行的目的终究无法达到了。这个建筑物中的秘密要永远封印在万年玄冰之下。

千索长老摇摇头，停了下来。

十三、黄金家族

步出山洞，展现在眼前的是空旷的冰原。几天以来，在狭小山洞中沉重的压抑感顿时消除。

冰原上没有一株植物，也没有任何生命留下的足迹。这里是古陆距离天空最近的地方，天圣雪山等四座高峰就像是天造的巨人，连接着天与地。

两个年轻的人类和一匹银光骑走在冰原上，把他们的足迹留在了这里。

冰原的夜晚是危险可怕的。极低的温度和稀薄的空气是所有生命的致命因素，只要进入睡眠就很有可能永远不再醒来。

整整一昼夜，两个年轻的人类和一匹银光骑在冰原上缓慢地前行。

日出时分，幻雪峰在绚烂明亮的晨曦中露出了朦胧的山影。

走到中午，一个奇形怪状的冰雪构造物从地平线下缓缓升起。

萨荆从来没有见到过这般景象。这些构造物像是一片林海又像是一片丘陵，可是仔细看去却什么都不像了。随着距离渐渐拉近，这些构造物愈加清晰。有的低矮起伏，有的突兀高大，簇拥在一起，虽显得杂乱无章，却又似乎暗合着某种规律。这里应该就是父亲提到过的冰墟了。雪远山说过，千索长老会在这里等着他们。

黄昏，他们到了冰墟。

在冰墟的边缘，萨荆看到有两个人远远地站在那里。

他一阵欣喜，加快了脚步。

那两个人应是看到了他们，也迎了过来。两串脚印渐渐合在一起。

没等萨荆说话，千索长老已经抢先一步拜倒在米兰跟前。

“我们武藏族始终在高原上等着您的到来。”千索抬头望着米兰。那瘦小的身体、苍白的面孔，竟然和梦中一样。他不敢相信自己的眼睛，梦境与现实刹那间交织在一起，他感觉一阵晕眩。

“没有你们的帮助，我可能早就死在高原上了。”米兰知道面前的人是谁，“对我们来说，那些所谓的历史就只是历史，而传说也只是传说，我真心地感谢你们。”说罢，就要低头拜下去。

“不……不……那不是传说。”千索长老的声音有些颤抖，一幕幕梦境在眼前闪过，“我们武藏族永远是您的守卫。从今以后，没有人能够再伤害您。”

萨荆对千索长老的举动有些不知所措。他觉得自己和米兰的距离一下子拉大了。

“小子，怎么只有你一个，小武他们呢？”武烈忽然问道。

“他们留在了龙吟洞阻挡追来的敌人。”萨荆连忙说道。他不禁回头向远方眺望，也不知道他们现在怎么样了？

“他们不会有事的，远山可是血魂战士，”千索长老说道，又看了看武烈，“小武的武艺也是出类拔萃的。”

武烈没有接话，挥了挥手道：“这里风大，还是避避吧！”

一行人向冰墟深处走去。

忽然，大地颤动起来，起初比较微弱，渐渐变得越来越强烈。接着，一道道冰缝开始裂开，积雪和碎冰块纷纷落下。

众人狼狈地躲避着掉落的冰块，心中疑惑不已。

一阵尖锐的啸声从远方传来，像是一只受到威胁的巨兽发出的愤怒的咆哮。接着，一声震耳欲聋的巨响掠过冰墟，脚下的地面突然上升，众人一下被掀翻在地。

当他们爬起来时，就看到天边一片火红色。天圣山变成了一座巨大的火山。暗红色的岩浆四处喷射，一部分汇集成了一道道火的河流，沿着山势向山下延伸；另一部分喷涌而上，像巨龙一般腾上半空，浓重的黑色烟雾遮盖了小半个天空。

没有人说话，他们都明白眼前的一切意味着什么。萨荆的脑海中出现了龙吟洞中那个如长矛一般锋利的钟乳石柱。

武烈在这一刹那脸色变得苍白，喃喃道："不，小武不会有事的，他不会有事的。"

千索长老没有说话。他清楚在那样的烈焰之下是不会有人幸存的。忽然，他看到圣女的眼中落下了一颗泪珠。

"我去找他们。"

萨荆咬咬牙，拔腿往回奔去。阿麟低鸣一声，也跟了上去。

千索长老正欲阻拦，却发现萨荆突然停住了脚步。

在已经布满裂缝的冰原上，出现了两个黑点。

"小武？"武烈惊呼。

米兰突然变得惊恐，她的手四处寻找着什么。最后，她拉住了千索长老的手。

两个黑点行动迅速，片刻工夫已经到了众人面前。原来，来人是楼兰王子祈辉和黑衣老人。

"就是他们一直阴魂不散地跟着我们。"萨荆怒目相视。

“小武呢？”武烈怒吼道。

来人在几步外站住脚。

“看来，我们来得不算晚。”黑衣老人神情自若。

祈辉却是一脸悲切，他缓缓抽出长剑，“为了一个涅槃族女子，竟然让这么多兄弟命丧荒原。今天，你们一个都别想走。”

“真是好大的口气啊。有我武藏族在，我看今天谁敢阻拦？！”千索长老说着，拔出猎斧。

萨荆在看到祈辉抽出长剑时，便也抽出了腰间的木质长矛。接着，他向祈辉冲去。然而，出乎意料的事情发生了。只见祈辉身旁的黑衣老人偷袭了祈辉一掌。而祈辉惨叫一声，身体飞了出去。

萨荆正对眼前的情景有些发蒙，身后突然响起千索长老的呻吟。他回头一看，千索长老正浑身鲜血向地面倒去。还没等明白怎么一回事，萨荆腰间一阵剧痛，一柄长矛刺入了自己的腹部。而长矛的另一端正握在武烈手中。在失去知觉的时候，萨荆仍然不敢相信眼前的事实。

武烈抽出被血染红的长矛，上前几步，对黑衣老人深深一揖：“武烈拜见叔父。”

“记得初次见到你时，你还是个孩童。那时，我在雪藏高原寻了半年才找到你们。”黑衣老人叹道，“没想到，再次见面已是五十年之后。好在，我们的年华没有虚度。”

“我们虽蛰伏在武藏族其他家族之中，但没有一刻忘记先祖的教诲。武烈只盼着有一天能够重振家族的光辉。”

“好，好。”黑衣老人点头，“只是苦了你们，不仅要在这苦寒之地耗费光阴，还要饱受他人的歧视。”

“叔父严重了，还是叔父辛苦，”武烈有些激动，“您为了家族四处奔波，隐姓埋名。每每在梦中梦到您老人家，我都羞愧不已。”

“好啦，不提啦。为了家族的伟业，我们吃一点苦又算得了什么？”黑衣老人道，“当初把你们留在武藏族，先祖们就有深意。现在，距离我们期待的那一天已经不远了。”

“千索已死，武藏族又将重归家族大旗之下。放眼古陆，谁还能阻挡我们？”

“现在的古陆已是群雄并起，连那些异族也蠢蠢欲动。武烈，我们还将面临诸多难题。”黑衣老人有些慨叹，“这楼兰王子我本想留着他牵制楼兰，但事已至此……”黑衣老人目露寒光，盯着地上的萨荆，“全是这小子坏了大事。”

“叔父，”武烈道，“这孩子是萨家的后代，是三十年前迁徙来的。”

“萨家？”黑衣老人脸色一变，“怎么偏偏会是萨家？”

“怎么？”

“事已至此，算了。大事将举，死的人会越来越多……”

“小武，难道也……”武烈有些不安。

“小武很好，”黑衣老人道，“武艺也不错，是我们武家的子孙。只是我们的事他还不知道。”

“事关重大，我怕走漏了风声，就没告诉他。”

黑衣老人不再言语，缓步走到米兰面前，忽然拜倒，道：“武藏族血魂战士武长天恭迎圣女。”

“你们是武藏族黄金家族的后代？”

“不错，”武长天站起身，“我们曾是武藏族最强大的家族，也是每一任圣女的贴身侍卫。”

“还是唯一背叛了我们的武藏族人。”米兰冷笑。

“对于以前发生的事情，我们有着不同的理解。”武长天正色道。

“昆玉城外三十里，野山坡上。光明族刺客能在万军丛中接近圣旗，公然行刺，而十六名血魂侍卫无一察觉，无一援手，这些是你们的杰作吧。只不过，那仅仅是个开始……”米兰微微昂首，似乎在望着远处通红的天圣山。她的声音平缓柔和，好像在说着一件不相干的事情。

米兰继续道：“圆山脚下，静海湖畔，涅槃族的发源之地。族人不问世事，刻苦清修，全心探寻着生命的本源。可是，一百二十余口没有一个活口。附近驻守的血魂侍卫又是毫不知情，事后竟说是遭到了天翼族的袭击。

“至于天荡山一行，六位最强大的血魂战士护卫圣女前去执行秘密使命，但是他们带回了她的骨灰。

“你们脚下的冰墟，原是你们武藏族的栖息地。那个时候，整个古陆都在追杀涅槃族，残留下来的族人聚集到了这里。因为这里有他们最信赖的战士，他们以为在这里可以得到庇护。可是，他们等来的却是一场屠杀。一个个涅槃族人在火刑柱上被烧成灰烬……好在反叛者毕竟是少数，大部分武藏族人是忠诚的……武藏族为了我们开始自相残杀……你们虽然武艺高强，但是寡不敌众，最终被赶出了高原。涅槃族也留下了一支血脉。”

“我想问，”米兰提高了声音，“对于背叛，难道也有不同的理解吗？”

“你所说的，只是涅槃族的看法。”武长天道，“自从人类有了历史记载以来，涅槃族就领导着人类。最雄伟的宫殿供你们居住，最强大的武士保护你们，可是，你们又给人类做出了什么呢？灌溉农田、建造城市、开辟道路都是下等部族的事，天文历法和各种创造又是科幻族的专长，而在与其他部族的战争中领导人类走向胜利的也并非你们涅槃族。从大战略的制定到每一场战役的指挥，乃至亲自上场厮杀，不全是我们武藏族吗？”

“所以，我们不配做人类的领袖？”米兰道。

“即便你们有种种不足，那倒也罢了，”武长天没有回答米兰，继续说道，“人类把你们奉若神明，对你们言听计从，你知道为什么吗？那是因为他们觉得你们可以让他们有一个安定的生活和值得期盼的将来。可是，你们欺骗了他们。古陆一天比一天贫瘠，几乎到了人类无法生存的地步。而你们对此毫不关心，只顾追求什么生命的本源。难道你们不知道只有生命才是一切的本源吗？”

“所以，我们不仅不配做领袖，连活下去的资格都没有？”米兰问道。

“你所描述的种种，全是你们涅槃族自己种下的恶果。如果要说背叛，那也是涅槃族先背叛了整个人类！所以，你们才受到了人类的惩罚！”

米兰不语。

“黄金家族历来是涅槃族圣女的贴身护卫，与涅槃族的感情是常人无法想象的。可为什么偏偏是他们挺身而出？因为他们看到人类挣扎在生死关头，岌岌可危，而涅槃族置若罔闻。所以，他们站出来了。为了一个新的帝国，为了一个新的秩序，他们愿意付出代价。他们也知道，他们将永远背负骂名，但他们还是站出来了……”武长天的眼中闪烁着泪花，激动地说道。这个年纪的人已经不容易动情，可见确实说到了痛处。

“或许你们确实有自己的看法，但你所说的真的是反叛者当时的想法吗？”米兰道，“无论涅槃族如何，至少人类还繁衍生息在古陆大地之上。你们把所有的责任都推脱在涅槃族身上，可以。可是，你们不该对手无寸铁的族人斩尽杀绝。你们的目的达到了，涅槃族不仅成了人类的罪人，也被你们屠尽了。可是，你们想要的新的秩序建立起来了吗？没有。人类的命运有所好转吗？没有。这么多鲜血，这么多无辜的生命，都只是为了你们的贪心。”

武长天死死盯着米兰冰冷的脸，道：“贪心？你竟然说是贪心？是，涅槃族是遭到了屠杀。可是，你知道黄金家族又是何种境地吗？他们为了人类背叛了涅槃族，可是，人类是怎么样对待他们呢？人类反对他们，武藏族也反对他们。原来焚烧涅槃族的火刑柱现在绑上了他们。幸好，在举事之前，他们就已经有所准备。家族把族里的老人和小孩安置在一个隐秘的地方。可他们没有料到，自己的子孙又因此受到了什么样的磨难。在暗无天日的世界里苟且偷生，储存的粮食吃完了，被褥衣服也早已腐烂。但是，他们不敢出去，他们连看见阳光都成了一种奢望。没有人来帮他们，没办法，他们只好派人出去找食物。可派出去的人大部分杳无音信，偶尔回来的一两个也都成了残废……古陆最强大的家族，竟然……他们一个个丧失了信心，有的病死了，有的绝望自杀了。而活着的也忘记了黄金家族的传统和荣耀，像卑贱的乞丐一样活着……如果不是后来出现的转机，黄金家族恐怕已经消亡……幸好，他们度过了最艰难的岁月，从灭亡的边缘挺了过来……”

“黑星的降临使本就已经支离破碎的古陆无法再承受无休止的自相残杀。涅槃族能做的就是维护平衡。”米兰说道。

“不论如何，黄金家族没有消亡，”武长天并不理会米兰，继续说道，“我们经历了无数年的休养生息，我们一定可以完成先祖的遗志。建立一个统一整个古陆的帝国。”

“武藏族是战斗的部族，黄金家族也是，他们是最强大的战士，最杰出的统帅。但是，他们并不具备管理国家的思想和才能。”米兰道。

“这么多年，我们有足够的时间去反思，去重新认识自己。”武长天道，“自从武艺学成，我隐姓埋名在古陆各地游历，花费了一生的时间，为的就是黄金家族重回古陆。现在，在我的有生之年可以看到四分五裂的人类重归一统……”

“不，不，你们做不到。你们只会让已虚弱不堪的人类再次陷入苦难之中。”米兰反驳道。

“新的秩序总是需要牺牲的。为了人类有一个光明的未来，就是有一半人死去也是值得的。”武长天眼中寒光四射，“况且，我们不仅已经找到了失败的原因，还与古陆各地结成了盟友。最重要的是，我们有了可以让所有人类臣服的领袖。”

“谁？”米兰已经猜到了答案，还是忍不住问道。

“黄金家族当时犯的最大错误，就是把涅槃族看得一无是处，”武长天叹了口气，“他们认为只要把涅槃族斩尽杀绝就可以取而代之。但他们却没有想到，涅槃族在人类心中的地位是无可替代的。相比之下，黄金家族的影响力简直微不足道。”

“所以，你们认为应该找一个涅槃族人，以她的名义来完成你们的企图。”

“难啊，”武长天叹道，“如果不是你们暴露了行踪，恐怕我们还不知要等多少年。”

“涅槃族作为一个部族实际上已经消亡了。我们仅有的几个人原本决定不再染指人类的争端。”米兰道，“可是……”

“漫长的岁月已经让历史无法追溯，”武长天感叹道，“我们不应该把神话一般的历史当作事实，更不应该让它成为我们今后相处的障碍。”

“我们早已将往事淡忘。对于你们黄金家族，我们从心里已经原谅。我们自身孱弱，如果不能完成生命的进化，毁灭只是迟早的问题。”米兰发出一声轻叹。

“圣女能够不计前嫌，我们黄金家族也必将重新成为涅槃族的侍卫。我向天发誓，屠杀再也不会发生。”

“我不过是个傀儡，你们黄金家族实现野心的傀儡。”

“既然涅槃族不愿再插手人类的事，那我们来替代又有何妨呢？”武长天道，“只要人类能够重新团结在一起，谁来领导人类又有什么区别呢？”

“你所说也有道理。”米兰默默点头。

“黄金家族恭请圣女重回古陆。”武长天再次郑重拜倒。

“我有得选择吗？”米兰苦笑。

“这是黄金家族对涅槃族的礼数。”武长天道。

“跟你们走之前，我还有一个条件。”米兰道。

武长天抬头望着远方似幻似真的幻雪峰。

武藏族各家族都散落在高原各地，即便有人赶到，也无法改变什么。况且千索长老已死，一个弱小女子还能使出什么诡计不成？

“我们会护送您平安到达幻雪峰。”武长天恭敬地说道。

经历了刚才剧烈的震动，冰墟显露出黑褐色的岩石，这远古城市的遗迹在银色的冰原之上，显得那么的落寞与苍凉……

米兰蹲下身在地上摸索着，她的手像满地的冰雪一样白皙。

她先是摸到了千索长老的身体，一地的鲜血已经在他身下凝结成冰。他的魂魄回到了先祖的身边。他用一生的等候，终于见到了圣女。尽管话也没说上几句，但他是幸运的。

接着，米兰又摸到了萨荆冰凉的脸庞。这张年轻的脸是那么的熟悉，她似乎看到了跟随自己一生，从少年到青年，最后在自己怀中死去的那个人。她的身体颤抖着，她原本以为自己的心早已死了。死在那燃烧的火刑柱上，死在那血肉横飞的战场上……可是，她此刻为什么无法抑制自己的情感?

她俯下身，轻轻地在萨荆的唇上吻了一下。他的唇是冰冷的，可是她的心却像烈火在燃烧。

她抚摸着他的伤口，鲜血还没有完全凝结。她的手放在伤口上，无名指上的银色指环弹出了一枚尖刺，刺破了她的手指。接着，几滴血落在伤口，与伤口的血混在一处。

米兰的动作虽然隐秘，却被武长天和武烈看在眼里。两人默然相视一笑。

米兰所做的是授魂仪式上最重要的一环，成为血魂战士不仅要具备超人的体质和武艺，更重要的是要被圣女看中，选为贴身侍卫。在进行授魂仪式的时候，圣女会将自己的血液溶入血魂战士的体内，而这个战士身体内的潜能就会被圣女血液中的某些特殊因子所激发。每个人的潜能各不相同，所表现出来的潜能也就各不相同。可是，对这么一个濒死的少年做这些又有什么用呢？况且，她还不知道萨荆的真实身份。要是他真的活下来，她会追悔莫及的。

“我们走吧。”

米兰站起身，又沉默了片刻，才转身向着幻雪峰的方向走去。

武长天和武烈见状，也跟了上去。

阿麟在萨荆的身边逡巡着，最终也循着伸向远处的足迹离开了。

荒寂的冰墟上，三个逐渐僵硬的身体，很快就会被冰雪淹没。

十四、重生

天圣山像一支红色的花朵，在银色的冰雪世界里绽放。岩浆从地心向天空喷涌产生的隆隆的巨响震撼着亘古沉寂的冰原。

小武似乎什么都没有听见，只是一瘸一拐地在晃动的雪原上前行。

右臂的伤口还没有痊愈，身上又是伤痕累累。左腿的剑伤深可见骨，血虽凝结，但整条腿失去了知觉。小武每走一步，都要花费全身的力气。他不知道自己还能走多远，但只要还有一点力气，他就会一直走下去。

辽阔的冰原，小武硬是一点一点地走了过来。

一路上，小武的脑海中反复闪现着天啸林海的情景，那一幕仿佛就近在昨天：

他返回天啸林海是为了找回掉落的凤纹玉佩，那是他身上仅有的饰物。

林海连绵不绝，铁岩木巨大的树冠如伞盖一般交相掩映，林中伸手不见五指。在他眼中，这些树冠织成了一片草原，他可以借助着星光，在树冠间行动自如。

小武平时少言寡语，兄弟间也少有交往。不过，他喜欢一个人在渺无人迹的旷野。在旷野间，他感觉自己像一位君主，整个世界都是属于自己的。

他有着一颗火热的心，但不屑对人敞开，包括自己的父亲。

可是，缘分就是如此奇妙。在他拨开一根树枝，望向遗留的营地时，他想敞开心扉的人就那样出现了。

本来应该没有人迹的营地间，此刻却燃着一堆篝火。篝火旁静静地坐着一个女孩。小武看到女孩苍白憔悴的脸时，心中掀起了巨浪。不是因为那姣好的容颜，不是因为那窈窕柔美的身材，也不是因为那楚楚可怜的神情，他只是觉得自己的心仿佛照进来一束阳光。为了这束阳光，他愿意为她燃烧。

小武不知道她是谁，来自哪里，要去向何方，但是看到她无助的样子，他想保护她，把她紧紧护在怀中。但是他没有上前，他怕自己的突然出现会吓到她。

后来，他看到萨荆出现了，并且将她抱入屋中。那一刻，他几乎要跟着冲进去，把萨荆斩个七八段。可是，他仍旧没有动。整整一夜，他就那样伏在树冠上一动不动。

这就是小武，他嘴角永远挂着蔑视一切的微笑，他的表情永远是冷漠的。他把自己的心藏起来，从不对外吐露。没人能理解他的举动，失去一只臂膀的时候，强敌环伺深陷绝境的时候，生死关头的时候，他仍然在微笑……他可以放弃自己的生命，只要她能好好的。他不在乎有人能理解，也不在乎她能否知道，更没有奢求她为自己做什么，哪怕是一句感激的话语。

就像现在，小武明明知道以自己的行走速度，永远也赶不上其他人。即使赶上了，可自己连拿起刀的力气都没有。他就像一支离弦的箭，只能向前，向前……

在走出龙吟洞不久祈辉就追上了他。几个回合下来，接近虚脱的他就被祈辉的剑刺穿了左腿。奇怪的是，祈辉并没有斩尽杀绝。对此，小武十分不解。但他也懒得去想，反正只要还有一口气，他就不会放弃。

到了，终于到了。小武没有打量这些黑色的遗址建筑，只是一门心思搜寻着人影。突然。他被什么东西绊倒在地。他连忙拨开积雪，竟是祈辉。附近还有两堆积雪，他连忙扑上去看，一个是萨荆，一个是千索长老。小武一下子愣住了。萨荆死了，千索长老也死了，那她呢？他反应过来，在周围找了一圈，也没发现其他人。她还活着，他的心轻松了一些。可是，父亲和那个黑衣老人呢？小武有些为父亲担心。

他起身向前走去，走了几步又停了下来。两边的建筑物已经摇摇欲坠，随时有可能坍塌。同为一族，怎么着也不能让他们被埋没。于是，小武找了一圈，发现了一座坚固的小型建筑。他把千索长老和萨荆背了进去，想了想，又把祈辉背了进去。虽然生前是敌人，但祈辉也是英雄年少，他尊重他。

办完了这件事，小武没有停留，又慢慢地向着远方的幻雪峰走去。

冰墟又恢复了千百年来一如既往的沉寂，但那仅仅是表面。猛烈喷发的天圣火山给了冰墟一颗重新跳动的心脏。黑色的建筑物经历了无数年的风雪，在这场震动后，轰然倒塌。而在底层深处，远古时期留下来的神秘机构因为汲取了足够的能量，正重新复苏。

被千索长老凿开的甬道内，三个人类静静地躺在地上。甬道的冰壁上还残留着千索长老猎斧砍削的痕迹……

突然，冰壁之上出现了一道道细微的裂痕。随后，一连串的破裂声不绝于耳。冰壁碎裂成了无数冰块。一股巨大的吸引力自地下产生，破裂的冰块纷纷坠入甬道深处，而三个人类也随同坠入其中，最终消失在黑暗之中。

人死之后，灵魂还在吗？没有人知道。

萨荆似乎看到许多白影在晃动。他没有知觉，没有意识，但这些白影会留在他的记忆中。

如果灵魂能够重回身体，那么千万年前的灵魂是不是也可以借着一具血肉躯体而重生呢？没有人知道。

生命存在的形式超越了想象的界限。但是，没有什么是不可能的。

生命在一次又一次的毁灭与重生中进化，也一次次接近虚无……

黑暗，无边无际的黑暗。忽然，有了一点光。

视野迅速拉近，一只幽蓝的巨鸟在向着光明飞翔。

光点逐渐扩大为一个半球形的空间，空间内充斥着柔和的金黄色光线，既不刺眼，也不让黑暗侵入分毫。

一群身着盔甲的卫士通过梯子，走入半球。他们一共十二个人，每两人个一组。这些人中有人类的武藏族勇士，也有其他种族的战士。但是，他们体形各异、高矮不一。

卫士在巨鸟旁边形成了一个半圆形的警戒圈，而后又走出来一群人。这些人中有人类，有银光族，有酷似大鸟的彩羽族，有长相凶猛丑陋的黑沼族，有与人类酷似却长着三只眼睛的冥想族……古陆十二个主要种族都到齐了，每个种族身边还有一名同族侍卫。在涅槃族圣女身边的是一名身着闪烁着微蓝的寒光的盔甲的武藏族血魂战士。奇怪的是，这个血魂战士竟是自己。萨荆觉得自己可能是产生了幻觉。

于是，萨荆密切注意着其他人的动向并迅速打量周围的环境。最先吸引萨荆注意力的是停放在半球空间中央的一个纺锤体。这个纺锤体占据了半球三分之二的空间，简直像是一座山丘。看来，半球像是一个蛋壳，正在等待什么东西孵化。纺锤体是由金属构成的，通体泛着银灰色的光芒。但是，它显然还没有制造完成，有些地方虽罩上了流线型的蒙皮，但大部分还裸露着框架，显露出里面复杂的结构。工匠们在纺锤体周围忙碌着，远远看去像是一群蚂蚁。在半球空间的其他区域还矗立着许多建筑物，但是它们与纺锤体相比，简直是小巫见大巫。

一行人离开了巨鸟，向纺锤体走去。

脚下的路不是土壤，不是砖块，也不是石板，而是金属。不仅是道路，这里都是金属制造的。

圣女的表情严肃，其他人也都很严肃。看来，他们今天要讨论很重大的事。

萨荆看到一路上到处是全副武装的士兵在警戒。

终于来到了纺锤体跟前，一些人早就在那里等候。见各族首领来了，便迎上去对他们讲解。而各族首领也对着纺锤体指指点点，且不住地议论。

建造这个庞然大物，一定耗费了古陆巨大的资源。可是，它有什么用途呢？萨荆想不明白。

首领们细致地观察着纺锤体，有的不厌其烦地询问着，有的伸出颤抖的手抚摸着，有的还乘坐梯子上去观察……

终于，他们离开了这里，来到了一座透明的建筑前。这是一座各族用来召开公众辩论的平等塔，在城市中很常见。在首领们走入平等塔之后，塔外墙忽然变成了不透明的黑色，护卫部队被留在了外面。虽然贴身护卫可以进入平等塔，但被单独安置在休息室中。看来，这是一个非常重要的会议。

会议进行得极为漫长。萨荆虽然分不出昼夜，但肯定超过了一天。休息室内开始弥漫着躁动不安的情绪，熟悉的侍卫有的在低声私语，有的在地板上踱步，有的则不住地看着会议室紧闭的大门。

突然，萨荆似乎听到会议室内传来几下清脆的声响，那是武器之间撞击的声音。

“有人行刺！”

休息室中的侍卫听到声音，向会议室冲去。

只见会议室内已然乱作一团，但没有刺客，而是各族首领互相打了起来。一眼可以看出，这不是寻常的打架，而是你死我活的搏斗。首领们本来没有携带武器，可现在不知从哪儿拿出了武器。看来，有人是早就有所准备。

侍卫们见状，纷纷奔向各自的首领。一开始，他们还想维持秩序。后来，他们也加入了战斗。

场面更加混乱，本应肃穆的会议室充斥着叫骂和惨号声，且鲜血四处飞溅。

萨荆看到跟自己一样的血魂战士急忙去找涅槃族圣女。但是，一个黑沼族首领正拿着匕首向已经昏迷的圣女刺去。

血魂战士情急之下挥剑斩断了对方的手臂。然后，抱起已经昏迷的圣女。这时，一把短刀透过盔甲的缝隙刺中了血魂战士的腰际。但是，他没有理会，抱着圣女向会议室门口冲去。

短短的十几步距离，不断有人向他发起攻击。然而，他并不还手，只是护住圣女，埋头直奔门口。

怎么了？到底出了什么事？大家好像都疯了！萨荆的脑子一片混乱。

就在离门口只有几步的时候，又一柄匕首刺入了血魂战士的胸口，鲜血溅在圣女苍白的脸上。又有什么重物，像是铁锤，砸在头上，他眼前一黑，便什么也不知道了。

血魂战士醒过来的时候，仍然躺在门口。会议室里一片狼藉，地板上凝固着大摊的黑色血迹，横七竖八的尸体躺在地上，周围一片死寂。

他挣扎着站起来，身体虚弱得没有一点力气。查看了一圈，没有发现圣女。他松了口气，踉跄着走出平等塔。

展现在眼前的是浩劫之后的景象。

半球空间内的金黄色光芒已经消失，但是并没有陷入黑暗。血红色的光焰在纺锤体周身不住跃动，它肯定经过了猛烈燃烧的阶段，此时成了一个乌黑的骨架，且不断有小的火苗从内部喷吐出来。

光明渐渐远去，黑暗吞没了一切。

这是古陆文明毁灭前的最后一战吗？

萨荆不知道。

凤凰战甲在阳光下闪耀着金黄色的光芒，银光骑的长鬃随风飘动。只有血魂战士才能舞动的长柄嗜血战斧立在地上，突出的斧刺上缚着一面被血染红的战旗。

不远处的山脚下是一条小河，河水是黑色的，不知被什么污染了。小河对岸本应是一片辽阔的山间平原，现在却布满了黑压压的军队。

这支军队不断移动着，如同蔓延的野火。只见先锋部队已经越过了小河，向山坡而来。

拥挤的人群中，武器和盔甲散发着的银光。数不清的旌旗迎风招展，如同破浪前行的彩帆。从旌旗样式和图案上可知，这里一共汇集了六个种族的军队。在人类的不断挤压下，几个主要的种族终于联合起来了。这大概是古陆最庞大的武力了。

萨荆看着身着凤凰战甲的血魂战士面无惧色地面对着敌人。那一刻，萨荆觉得自己就是他。

低沉的战鼓声一下一下地响起来，好像敲打在人心上。联盟军受到了鼓舞，开始推进。

战未启，胆已寒，没有必胜的信心，这仗还用打吗？

联盟军内部不是铁板一块。牧田族军队打先锋，无非是想拖延武藏族领导的人类步战军团。可是，这些牧田人杀个猪都会发抖，起不了什么作用。

中部主战军团是由类人族组成的近战步兵和射手，人数不低于一万五千人。类人族是古陆除人类之外最大的族群，体格也与人类相似。从这一点来讲，他们与人类不相上下，甚至要稍强一些。可是，他们内心软弱，心中没有一点血性。

散布在两翼的部队由天翼族和银光族的骑兵组成，他们闪电般的速度和高超的战斗技巧不容小觑。在他们面前，寻常人类骑兵根本不堪一击。但是前几次战役中，他们在与以银光骑为坐骑的武藏族重装骑兵的对决，丝毫没有讨到便宜。

联盟军压阵的是光明族空军和黑沼族骑士团，这是真正可怕的敌人。几乎没人能够抵挡光明族武士的凌空一击，他们似真似幻的羽翼和浑身耀眼的强光不容人直视。黑沼族骑士的藤甲和强壮的身体可以承受战斧的劈砍，他们挥舞的铁锤连武藏族战士也招架不住。只可惜，这两个种族的数量太过稀少了。

联盟军的决策团由近卫军守护的各族首领组成。将指挥机构放在部队的最后方是兵家大忌，这在关键时刻容易失去对部队的控制和遭到敌方迂回部队的袭击。

除此之外，联盟军周围还耸立着一些巨大的冥想族发明的战争机器。冥想族是古陆科技最为发达的种族，但是他们在黑星浩劫中丢失了几乎所有的知识和科技成果。这些机器有的可以喷火，有的可以投射金属飞卵。它们虽威力惊人，但是过于笨重，只适于守城。

兵力布置前重后轻，战斗能力前轻后重，如此强大的军队却摆了这么一个糟糕的阵形。

战斗尚未开始，胜负已然注定。看来，安逸的生活消磨了他们的智慧。

世界已经改变，只有强者才能生存。

联盟军的步兵已经近了，血魂战士仿佛视若无物。只见他伸手拔出了嗜血战斧，在空中晃动了三下，然后抖动缰绳，转身向山坡上走去。

山坡的另一面传来了隆隆声，一杆凤凰战旗自山坡顶上升起。接着，排列整齐的人类步兵出现了。他们的人数不足五千，由十名武藏族军官领队，并且逐渐加快速度，如同一把犀利的剑向联盟军插去。

古陆有史以来最惨烈的战斗开始了。双方的军队撞击在一起，武器的寒光像无数道闪电划过柔软的肉体，溅起血雨。所有的理智和伦理都已经被鲜血燃烧干净，剩下的只有疯狂与仇恨。密集的金属撞击声，阵阵的呐喊与悲鸣声……山坡上躺满了尸体，不同颜色的血液汇集在一起向山脚流淌。一个个鲜活的生命像气泡一样在刹那间破裂，他们曾共同生存在一片土地上，也曾经亲如手足。

血魂战士对这种景象一点都不感兴趣，他的注意力一直在圣女身上。

自从战斗开始，圣女就一直微微昂首。她的细眉微皱，像是在紧张地注视着战场。不过，她是个盲女，什么也看不到。但是，厮杀声随风飘来，她应该能够听到吧！她的身体是那么的柔弱，好像在风中摇晃。不，不，她是在微微颤抖。是战斗的惨烈让她害怕了吗？幸亏她的眼睛看不到，不然她恐怕坚持不到现在了。很难想象，就是她让所有人类团结在一起。强大的武藏族是她的侍卫，智慧超群的科幻族向她臣服，知识渊博的忆魂族对她唯命是从，普通的人类更是将她奉若神明……可是，她看上去不过是个弱不禁风的女孩。不，就像圣女曾经教诲过的，感官提供的信息往往是不真实的。在圣女弱小的身体内蕴藏着强大的精神力量。圣女过着苦修的生活，没有一点点快乐。为了寻找人类向更高生命层次的升华之路，圣女必要时会毁灭自己的身体。圣女的存在对于人类是幸运，对于自己却意味着无尽的苦难……

事实真的是这样吗？不知是谁曾经问过这个问题。

日落时分，战斗终于结束，三分之一的战士再也看不到下一个日出了。人类的胜利来得毫无悬念，却并不容易。武藏族重装骑兵没有如期出现在战场侧翼，以致中央部队险些被包围。幸亏步兵团的出现使联盟军主阵提前崩溃，联盟军各族首领和相当一部分人临阵脱逃。不仅如此，彩羽族的射手在进行第一轮射击之后，五百名射手的武器竟然不可思议地损坏了。更严重的是，一个光明族刺客竟然混进了部队核心，使得圣女险些遇害。

无论如何，人类总算取得了胜利。但是，各族之间连绵不断的战争让古陆满目疮痍。

燃烧的城市已经被黑暗吞没，仿佛根本就不存在。

古陆的黑夜来临了，没有人知道它会持续多久。

往事不堪回首，都忘记了倒好。可是，真的忘得掉吗？

黑星是所有灾难的根源，如拜星族预言的那样，它如期而至：美丽的古陆变成了地狱，城市只剩下残垣断壁，森林在烈火中化为灰烬，绿色的原野裸露出焦黑的土壤，大部分河流消失了，而剩下的也污秽不堪。幸存的人们面临着更悲惨的命运：这片大地已经暂时不适合生命的繁衍，要经过许多许多年后才能重现生机。于是，一小片可以生长植物的土地，一条能够饮用的小溪，一座尚未毁坏的小镇，都成了争夺的对象。

人类消灭了昔日的伙伴，赢得了这场战争，却没有迎来一个光明的未来。许多人类不明不白地死去，食物和水源日渐减少。他们聚集在神庙中日夜祈祷，希望圣女能够带领他们走出困境，让阳光再次覆盖大地……但是，圣女不是，她也不过是人类的一员，同样脆弱，同样无助……人类的绝望化成了疯狂，化成了愤怒……

在古陆的各个角落，每一尊圣女像都被砸得粉碎。所有的神庙全部付之一炬，所有能够找到的涅槃族人全部被绑在火刑柱上烧死。人类在做这些事情的时候，文明的光辉已然消失，他们眼中升腾着野蛮与无知的火焰。

一行人在雪地里缓缓行进。

狂风卷起漫天的雪雾，时而将他们吞没。

血魂战士走在队伍的尾部。银光骑失去了往日的骄傲，埋着头一步一摇地走着。嗜血战斧横在鞍上，罩了一层白霜。

古陆的天气越来越寒冷了，艳阳高照、万里无云的天气屈指可数。太阳不知躲到哪里去了，整个古陆处在一片浓重的阴影之下。万物一天天消沉下去，只有狂风和飞雪愈加肆虐。

在这样的天气下，在这样荒芜的冰原上跋涉了几个月，没有补给，没有人接济，只能前进。有许多人倒了下去，而前方的路仍然风雪飘摇。

五辆雪地篷车，十二名血魂侍卫是这个队伍的全部规模。篷车内坐着两位圣女、六个老人和十一个孩子。涅槃族的人本来就少，经历了突如其来的变故之后，现在这些几乎是古陆仅存的涅槃族人了。

为什么涅槃族会沦落到这种地步？曾经追随他们的信徒在哪里？为什么只有十二个血魂侍卫保护着他们？这一切萨荆都不知道。他的脑海一片空白，什么也想不起来，唯一有印象的就只有这漫天的白色。

绕开城镇，避开大路，鲜无人迹的荒野留下了一串串的足迹。雪藏高原是涅槃族的圣地，也许只有那里是安全的。

成群的豚羚消失不见了，丰美的草原变成了沉寂的冰原。圣地的建筑物全部披覆着冰雪，神殿的金顶和圣塔顶端的明珠都不再闪烁，街道上人迹罕至。圣女在这里长大，在这里刻苦修炼，在这里完成一个个授魂仪式。这里，是圣女的故乡。

在接近圣地的时候，终于有人影出现了。他们三五成群从不同建筑中走出，汇集成一道人流。

不对，这并不是欢迎的人群，他们的手中都挥舞着武器。血魂战士摘下战斧，招呼同伴向人群冲去。

血光崩现，惨呼四起，这是人类之间的残杀。

对方人数众多，每个都有出色的武艺。血魂战士在砍倒第八个人的时候，他的银光骑悲鸣着扑倒在地。接着，他的头部遭到重重一击，眼前混乱的景象轰然远去。

醒来的时候，血魂战士发觉自己躺在一张床上。有人在为他清洗包扎伤口，一个须发皆白的老者还贴着他的脸，述说着什么。他听不见老者在说什么，但是肯定明白了他的意思。因为再次昏迷前，自己点了点头。

不知道过了多久，一天，一月，还是一年？总之，血魂战士又恢复了知觉，而眼前的景象恍如隔世。

天空无月无星，浓重的乌云似乎压着头顶翻滚。

这是一个巨大的石砌平台，背靠巍峨的神庙，面对辽阔的广场。平台的中央竖着一根木桩，木桩黑乎乎的，涂满了油脂。平台的四边每隔不远就站着一位手握武器的披甲武士。这些武士站在靠近通往广场的石阶旁边。

血魂战士不明白自己为什么会在这里？为什么广场上的许多人都举着火把？他们在疯狂地喊什么？但是，听不见，他的耳朵仿佛失聪了。想抬手拍拍耳朵，才发觉自己的身体没有一点知觉。

四五个人匆匆穿过广场向平台走来。人群更加疯狂了。

血魂战士注意到为首的两个人架着一个人。那个人身材瘦小，披头散发，任由他们粗暴地架着，脚尖都离开了地面。这个身影似乎有些熟悉。

就在这些人通过台阶登上平台的时候，那个披头散发的人突然投来一道目光。那道目光就像流星一般转瞬即逝，可是它却在他的心中碰撞出了最瑰丽的色彩。

涅槃族圣女生来就是盲人，可是她们比所有人都更能洞悉世间万物。那只比眼睛更加明澈的天目能直接开启在她的心灵深处，有幸沐浴在那道圣光之下的人寥寥无几。

少年时的血魂战士，第一次见到这道目光的时候，他目瞪口呆，连冻出的鼻涕都忘了擦。

青年的时候，这道目光变得纯净而圣洁。血魂战士不敢去看，心中充满了崇敬与畏惧。可是，他希望看到她，待在她身边。

后来，血魂战士击败了所有的对手，成为这一批武藏族勇士的佼佼者。没有人知道他经过了怎样的付出，更没有人知道，他的心中有一个梦想，这个梦想给了他无穷的精神力量。

他终于成了她的血魂侍卫，终于可以天天看到她，无时无刻陪着她了。可是，他仍然不敢抬起头去正视那道梦见了无数次的目光。

多少年过去了，血魂战士陪着她经历了寂寞的苦修，挨过了黑星降临时的恐怖灾难，帮助她战胜了所有的敌人，追随她越过了一道道嶙峋的空山，一片片荒芜的原野，一颗颗冷漠的人心……这一切，他无怨无悔。更重要的是，他知道了她的心中也有了自己。只不过他们永远都无法向对方诉说，两团火焰都在各自的心中燃烧，直到生命熄灭的那一天。

血魂战士终于知道了那个人是谁。他用尽全身力气想举起战斧向架着她的那些人劈去，可是身体像雕像一般一动不动。他眼睁睁地看着她从自己身边过去。

接着，她被死死地绑在那根木桩上，有人在她身上涂抹着油脂。

火焰燃起来了，从她的长裙迅速向上蔓延……

她的身体在剧烈颤抖，她的一双目光死死地盯着自己……

恐怖的黑星啊！我愿奉献出自己的生命，祈求你再度降临，让这充满罪恶的世界彻底毁灭吧！

血魂战士向着天空疯狂地起誓，可乌云重重的夜空一片寂然……

十五、天路

荒凉的冰墟。

从昏迷中醒来，有那么一阵，萨荆不知道自己是谁。换句话说，他搞不清自己的身份。数不清的影像在脑海里闪过……喜怒哀乐、爱恨情仇于轮回中旋转……他睁开眼睛紧张地向四周张望，没有化成灰烬的巨大残骸，没有横尸遍野的古战场，没有燃烧的火刑柱和那道无形的目光。他看到了一条狭长的甬道和甬道尽头一片白色的冰雪世界。他明白了，自己一直是那个普普通通的武藏族少年。记忆快速闪回，鲜血染红了长矛。萨荆伸手去摸伤口，皮袄上的破洞还在，可是伤口却没有了，腹部的皮肤连伤疤都没有！他脑海中一阵眩晕。随后，他的目光投向了金字塔建筑的深处。他匍匐在地，虔诚地叩了三个头。

威严而仁慈的雪山女神，无所不能的远古神迹，是你们让我重新醒来。我明白你们的深意，我也明白自己该怎么做。

萨荆叩完头，站起身来，觉得浑身精力充沛。他知道，自己重新回到这个世界，已经脱胎换骨。脑海中的记忆并非梦幻，它是真实发生在古陆上。他身上承载着诸多期望，包括那道照彻心灵的目光，他不会再让她失望。

在萨荆准备离开的时候，他发现身边还躺着两个人。千索长老眼中没有了生命的光辉，神秘的力量拯救了自己，却没有眷顾他。他的目光又落在另一边的祈辉背上的长匣上，他清楚地记得黑水冰湖上空那道可怕的红色光芒。而此时，发出光芒的武器就躺在匣中，他刚要伸手去解，却被一只手拦住了。

“想拿别人的东西，至少要经过主人的同意。”

祈辉，原来没有死。武长天的那一掌虽未致命，却严重损伤了他的内脏。

萨荆眼中亮起寒光，随即又柔和下来。

“既然你受到了雪山女神的恩泽，我不杀你，从前的仇恨就此了结。”

“我们之间本无仇恨。不过，现在有了共同的敌人。”

祈辉挣扎着坐起身，反手解开长匣，托在手中：“我把它送给你，去杀我们的敌人。”

望着萨荆远去的背影，祈辉心中五味杂陈。一百一十八名战士跟随自己出生入死，没想到竟葬身在这雪藏高原之上。更没想到的是，与他朝夕相处的师父竟然对自己下了毒手。如果不是贴身穿着古陆至宝天翼甲，自己恐怕已命丧黄泉。如今，自己已经是个残废，后半生恐怕都会在床榻之上忍受伤痛的折磨了。这一刻，祈辉想到了死。可是，父王对自己寄予重望，几个哥又不争气。自己死了，那父王该怎么办呢？

祈辉想着，想着，剧烈咳嗽起来。黑红色的鲜血从嘴角淌出，与此同时，几滴泪水也滑过脸颊。

天气寒冷，小武的额头却淌着汗水，而每一滴汗水的落下，都带走了他的一些精力和一段生命。

小武已经又走了整整一昼夜。他不吃不喝，忍受着剧烈的伤痛，仍然向前走去。终于，幻雪峰近了。他回身望着走过的冰原，心中十分畅快。

说来也怪，这段路开始时极度困难，有一段时间，小武浑身没了一点力量，双腿重若千斤。冰冷的大地像温暖的床榻一般充满诱惑力，他真想倒下去美美地睡一觉。可是，他不能。只要一倒下去，就意味着永远与这个世界告别。而现在，自己就站在雪山脚下。他惊喜地发现，自己不但没有筋疲力尽，反而充满了力量，腿也轻松了许多。

在小武前面不远处，立着两座巨大的雕像。这两座雕像原本被冰雪覆盖，在经过震动之后，露出了里面黑色的岩体。可惜，小武分辨不出雕刻的是什么。雕像中间，一道长长的阶梯一直向山上伸去，看不到尽头。除此之外，幻雪峰完全是一派原始景象，再也看不出一点人工雕琢的痕迹。小武极力向山上眺望，却找不到一栋建筑，甚至一个洞口。

一座雕像旁拴着一匹银光骑，那是萨荆的坐骑阿麟。见到小武，阿麟发出急促的呼啸，前蹄在雪地上急躁不安地刨动。小武解开了缰绳，阿麟一纵身向冰原深处奔去，转眼不见了踪影。

小武穿过雕像，沿着阶梯向上攀去。台阶上冻结着冰雪，稍不注意就会滑倒。在这样的地方行走是非常危险的，可小武反而觉得比起冰原上的那段路程倒是轻松多了。

台阶上还留有一些凌乱的足迹，他们一定就是从这里经过的。看来，他得加快脚步了。

山势逐渐升高，走了很长时间。在小武觉得终于走到尽头的时候，才发现自己不过刚刚抵达第一道山阶。

即便如此，这里也可以俯瞰整个冰原。冰墟成了不起眼的小黑点，天圣山仍然喷涌着火焰和浓烟，冰雪的外衣已完全褪去，只剩下黑色的岩石和红色的岩浆。

向上望去，幻雪峰依旧直插云霄，阶梯也随之延伸，仿佛深入碧蓝的天空。幻雪峰是古陆最高的山峰，是最接近天空的地方。这道窄窄的阶梯是一项浩大的工程。当初，人们是怀着怎样的心情修建这道阶梯的呢？都说它通向圣女的密室，那是否也通向另一个世界，通向生命的另一个顶点呢？

走在这样的阶梯上，小武的心情渐渐凝重起来。

登上第二道山阶的时候，再向上的阶梯就变得愈加陡峭和狭窄。小武感觉阶梯的终点越来越近了，他不禁有些兴奋又有些忐忑不安，就快见到她了，不知道接下来会怎样，无论如何也要保护她周全。阶梯这么窄，她的身体又那么虚弱，而且看不到脚下的路，不知道一路要吃多少苦呢？从前的圣女是如何攀上去的呢？

到达第三道山阶，阶梯终于消失了。在平台尽头的峭壁上出现了一个小小的洞口。洞口旁堆积着曾经封住洞口的冰块，几串脚印伸向洞中。

小武谨慎地向洞口靠近，手中紧握着千索长老的猎斧。

洞口看上去和普通山洞没什么两样，但洞壁异常光滑，平淡中透着远古技艺的鬼斧神工。两扇破败不堪的门倒在地上，看样子早在很久以前就已经被毁坏了。

再向前走，拐了一个弓字形的弯，这段距离一片漆黑，小武走得极为小心。在转过弯后，小武看到了火光。

火光来自插在洞壁金属饰物上的两支火把，这两只火把一定早就在那里了，现在被人点燃了。火光照亮了拱形大厅，勾勒出大厅的轮廓。

大厅内一片狼藉，到处散落着大大小小的物体。经过漫长的岁月，这些物体已经面目全非，看不出是什么。墙壁和穹顶上隐约可见壁画的痕迹，但也已斑驳不堪，无法辨认。靠近地面的墙上有火烧过的痕迹，但是大厅里空无一人。

小武取下一只火把靠近地面，看见一些模糊的脚印。他跟着脚印走进大厅，不经意擦过一个像木箱一样的物体时，木箱化作了尘埃。他的脚步停在大厅对面的墙壁前，脚印到这里消失了。恰在这时，火把熄灭了，黑暗的墙壁上隐隐透出几缕微光。小武伸手去推墙壁，一扇门开了，他走进去后，门又无声地关上了。

又是一条甬道，甬道两侧排列着许多拱形门洞。看样子，门洞里面是一个个房间。

甬道尽头是一面雕刻着精美花纹的石壁，小武已经大致了解了建筑的构形，便伸手去推。果断，门开了。门后，一双眼睛怒视着自己。小武刹那间挥动猎斧，却突然停住了，原来是一尊雕像。这尊雕像的一身盔甲已经锈蚀，一双宝石镶成的眼睛在火光下炯炯有神。

“是小武吗？”

小武听见了父亲的声音。

他绕过雕像，看到几步远的父亲正在向自己招手。接着，他看到了武长天。而武长天也正看着他，还微微点了点头。小武怒火中烧，但是他没有冲上去。因为米兰就在武长天的身边，正昂首抚摸着岩壁。他走到父亲身边，目不转睛地盯着武长天，眼睛的余光观察着周围的环境。

这是一个与外面类似的斗室，只是规模小了许多。地上布满灰尘，且散落着一些早已腐朽的物件；墙角摆放着一张石床和一张石桌，几个石凳虽被掀翻在地，却还算完整；墙壁上没有壁画，而是雕刻着密密麻麻的细小的花纹，像是某种文字。看来，这里就是圣女的寝室了。没想到，竟如此简陋。

火把熄灭了，武烈又点燃了一根，地上扔着四根用过的火把。他们一定在这里逗留了很久。

米兰全神贯注地伏在石壁上，手指仔细地摸着那些花纹。不觉间，与武长天拉开了些许距离。就在这一瞬间，小武发动了攻击。他的身形腾在半空，猎斧划出犀利的弧线向武长天劈去。

“住手！”武烈暴喝道。

小武根本没有听父亲的话，他所有的精神和力量都集中在这致命的一击上。他知道此人有多么可怕，也明白自己的身体已经极度虚弱。所以，他只有这一次机会。

但是，就在小武砍中武长天的时候，武长天却奇迹般消失了。接着，一股巨大的力量作用在手腕上，猎斧脱手而飞。

小武知道自己今生没有机会了结对手了。他输了，输得一干二净。他摔倒在地，连站起来的力量都没有了。

武长天又出现在面前，抬起了手——那只杀人无数，连小武的四影刀也无法抵挡的手。但是，武长天没有什么动作，只是在小武额头轻轻抚了抚。

“不愧是我黄金家族武氏的子孙。”武长天感叹道，“我年轻时大概也没有这么强的武力。”

“小武，竟敢以小犯上，还不快快跪下！”武烈喝道。

“不知者不怪。”武长天道，“若是我武氏的后代都如此勇武，还愁办不成大事？”说罢，哈哈大笑。

“这是你的叔祖。”武烈望着迷惑的小武说道。

“父亲，”小武挣扎着站起来，“就是他在天啸林海伤了我。远山叔恐怕也是死在他手下。”

“若不是我猜到了你的身份，一掌把你震飞，那天你是逃不出林海的。”武长天似笑非笑，“至于雪远山，虽然侥幸成了血魂战士，但是一介莽夫。我给了他一次公平的决斗，还不够吗？况且，我已经手下留情了。”

小武略一思量，似乎确如武长天所说，但他觉得哪里不对劲。

“你叔祖名叫武长天，”武烈道，“是我们武家的直系先辈，自小在古陆各地游历，所以你不知道。可是在古陆，你叔祖可是绝世的高手、有名的侠客。”

“千索长老和萨荆，还有那个楼兰王子又是怎么死的？”小武仍旧心生疑窦。

“有些事说来话长，日后再向你慢慢说，”武烈沉下脸，“难道，你连为父的话也不相信吗？”

“那他们为什么要为难涅槃族圣女呢？”小武摇着头，仍旧不依不饶。

武烈刚要发怒，武长天摆了摆手，道：“武藏族曾经是涅槃族的禁卫军，而我们黄金家族世代都是圣女的贴身侍卫。所以，你误会了。

我们不正在……”

武长天的话音断了，他感到一丝异样。转过头，他就看见萨荆从血魂战士的雕像后面走了出来。

萨荆先是打量着斗室，然后把目光落在米兰脸上。

“经历了死亡的试炼，你终于获得了新生。”米兰微微一笑。

其他人看到萨荆都愣住了，没人相信自己的眼睛。

“这不可能。”武烈望着武长天询问的目光连连摇头。

“年轻人，无论碰到了怎样的际遇，你能够平安，我们都很高兴。”武长天的话是真挚的，没有一丝嘲讽。

萨荆似乎没有听到他的话，他缓缓走向米兰，好像周围的人根本不存在。

“我恢复了许多记忆。我才知道，在一段段人生中，我们的关系是那么紧密。可是，我一次次地失去你……”萨荆伸出手，犹豫了一下，然后轻轻抚着米兰的脸颊，“你曾是我心中圣洁的圣女，我一直把自己的感情深埋在心底，你知道吗？每次失去你的时候，我的心都碎了……我发誓，我再也不会失去你，再也不会让你受到伤害。”

“你终于醒来了。”米兰眼中滑落了泪水。

“别哭，”萨荆为米兰擦去泪水，“我知道你的感受，结束了，那些噩梦般的日子都结束了。”

“不，你还看不出来吗？”米兰忽然紧紧抓住萨荆的手，仿佛害怕失去一般，“我们的命运冥冥之中早已注定。为了古陆我们注定要在孤独与思念中煎熬……”

萨荆脸色阴沉下来，周身散发的杀气愈加浓重：“即使毁灭古陆，我也不会再让你离开。”

说罢，他盘腿坐在石台上，将背负的长匣放在膝上打开。萨荆得到裂天刃之后也没有开启过长匣，此时，他伸手去解兽皮。

“听我说，”武长天出奇地耐心，“冰墟发生的事情是一场误会，我们并不是敌人，我们同属武藏族，只是……”

萨荆根本没有理会。

“冰湖的那一幕你一定目睹过了，”武长天道，“裂天刃之所以极少现世，是因为这件惊神泣鬼的武器实在不该出现在古陆。你要是擅自动用它，必遭天谴。”

兽皮已经展开，裂天刃与萨荆想象的大相径庭。它仅仅是一节黑乎乎的金属棍，没有纹饰，更没有锋刃。但是，当他握住裂天刃的时候，裂天刃发出了红色的光芒，并且很快通体都变得通红。这红光没有热度，但它的光芒越来越盛，让人无法直视。

“裂天刃原本为我黄金家族的一位先祖所有。当时，那位先祖已是古陆最强大的武士。但是，他在得到裂天刃之后，竟然丧失了神志。而且，一夜之间屠杀了七十二名族人，其中包括他自己的父母妻儿。后来，他清醒后，自尽在裂天刃之下。”武长天道，“裂天刃在给人强大武力的同时也会摄取人的魂魄为它所控。时候久了，就没人能够摆脱。”

萨荆站起身来，释然一笑：“我的生命得到重生，是为了完成一项使命。”

“你还有许多重要的事情要去做。”武长天谨慎的眼神中带着希望，“你和武藏族已经在高原上蛰伏得太久了。你不知道自己的力量有多强大，古陆将是你自由驰骋的舞台。”

萨荆的眼中燃起充满激情的火焰：“小时候，我就梦想有那么一天。可是，枯燥的日子过得长了，梦想也就淡了。现在，这一天来了，可是……”他直勾勾地盯着武长天，“在此之前，我总要将仇报了。”

“我知道你父亲的下落，他并没有死。”武长天仍不甘心。

萨荆并不理会，自顾说道：“以我一人之力，对付小武都不见得行，更别说你们三个了。幸好天赐这个宝贝，我的命反正是捡回来的，我不在乎……”

他的话没有说完，武长天和武烈已经同时出手。从萨荆的语气中可以判断，再说什么也已无用。

斗室本就狭小，武长天和武烈的身形已经挡住了斗室的门口。他们一个挥掌直切萨荆脖颈，另一个挺矛刺向小腹。而萨荆身后就是米兰，他只有硬接两人的招式。

可是，萨荆已不再像个初出茅庐的孩子。他侧头躲过掌击，裂天刃向长矛袭去，长矛一下断作两截。武烈一声惊喝，闪身避开裂天刃的锋芒，两个人之间出现了一个缝隙。萨荆的身体顺着这个缝隙，掠入了斗室。但是，他还是低估了武长天。武长天的右掌不过是虚招。在从萨荆身边擦过的时候，他的左掌陡然翻起，一把夺过了裂天刃。

萨荆背靠着血魂战士的雕像站定，他的神情有了一丝慌乱，但眼中的怒火更盛。

武长天冷冷地与萨荆对视："知道你是萨家的子孙之后，我本对你垂爱有加，怎奈你非要自己走上死路。今天，这幻雪峰的废墟，便是你的坟墓！"裂天刃在武长天手中竟因为杀气而暴涨了几寸，像是怪兽嗜血的长舌。

"不能伤害他，"小武叫道。

武烈反手一掌将小武打倒在地。

武长天低头看着裂天刃，他的手臂竟然也泛着红色的微光，仿佛已经与裂天刃融为一体："这是件至凶之器，使用者反会被其所噬。况且，真正的武士怎可凭借器之凌厉呢？今天，我便让你见识一下真正的武藏族血魂战士。"

说罢，武长天反手一挥，裂天刃划出一道红光，深深没入岩壁。

与此同时，武长天的身形一晃，就到了萨荆面前，右掌向萨荆胸前拍去。这看似普通的一掌实则波及了半个斗室，萨荆根本无处可躲，他只有抬起双掌奋力迎了上去。

轰然巨响，斗室中烟尘弥漫，血魂战士雕像碎裂成数块。而萨荆的身体翻滚着飞入甬道的黑暗中。

武长天看着一地碎石，叹道:“何苦呢，这是你逼我的。”接着，他看到萨荆摇摇晃晃地从甬道深处走了出来。他手中擎着石雕的头像奋力朝自己掷来。

武长天一声冷笑，石雕头像飞至他面前一寸便停滞不前，“去。”

萨荆闷哼一声，仰面扑倒。头像竟撞击在他胸口，瞬间一口鲜血涌出。但是，他还没有死，他的手脚还在动，他就要爬起来。

武长天见状，怒火中烧，疯狂地道:“那女人给了你什么？她用什么迷惑了你的心智？是武藏族内心深处淤结的奴性在作怪吗？”

他纵身向前，双掌雨点一样落在萨荆身上。

“够了，住手！”小武声嘶力竭地喊道。他知道武长天的可怕，知道那一掌的威力。他目睹雪远山伤在他的掌下，仅仅一掌就要了血魂战士半条命。

但是，武长天并没有停下。他不断地打着萨荆，发池着自己心中的不安。

萨荆感觉不到疼痛，他只是觉得悲伤，无以复加的悲伤。一次次的分别，一次次的失去，又将再一次重演。他明明有着无穷的力量却无法施展，生命在飞快地流逝，他只能看着她的身影逐渐远去……

难道，这就是命运，无法抗拒的命运吗?

十六、武藏

阿麟站在山脚躁动不安，它知道雪山上面是一个危险的所在。但是，它还是驮着萨荆来到了这里。它不知道自己这么做对不对。

忽然，阿麟感觉到了什么。它仰头向山上望去，幻雪峰依旧岿然不动，湛蓝色的天空毫无征兆地乍现出七色霞光，那霞光转瞬即逝。

阿麟在一刹那觉得好像灵魂中缺失了一部分。

“住手。”米兰喊道。

一道明晃晃的光芒陡然刺进来，把洞厅照得雪亮。众人被这突如其来的变化惊呆了。等眼睛适应之后，他们看到，浑然天成的洞壁上打开了一扇门，而门外就是碧蓝的天空。

武长天暗叫不好，原本检查过斗室之中再无机关。没想到，还是出了差错。但是，他此刻不敢妄动。

门的外面是一个小小的露台，米兰就站在露台的边缘。她的身体沐浴在阳光之下，长发和裙摆在风中飘舞。只要米兰再向前迈出一小步……

望着这景象，小武虔诚地跪倒在地，武长天和武烈面面相觑，心中惶恐不安。

“您已经瞻仰了先祖的神迹，如果您愿意，我们是否该回去了？”武长天一副恭敬的样子。

米兰微微一笑道：“我来这里，根本就没打算回去。”

“古陆众生还都处在水深火热之中，您撒手不管了？”

“你们知道我来这里的目的吗？”米兰问道。

众人不语。

武长天犹豫着是否动手控制住这个涅槃族女子。涅槃族已经在古陆销声匿迹太久了。此次，她不远万里来到幻雪峰，一定是有非常重要的事情，不可能是为了在这里自尽。他对自己的身手非常自信，可万一要是出了差错怎么办？这女子一个人的影响力就顶得上一支武藏族大军。没有了她，帝国的建立会变得非常困难，不知还会生出多少变数。

武长天不甘心地向前迈了一步，但是他感受到了米兰身上散发出的一股无形的压力。那是不可侵犯的威严和坚定无比的誓死决心。

“你们黄金家族所要做的事，虽说是为一己之私，也会有无数无辜的民众惨死。但长远看来，对古陆确实是有益处的。”米兰道，“我并不反对，甚至在某种程度上表示赞同。”

“圣女明鉴。”武长天由衷感叹道。

米兰侧头面对长空，似乎是在冥想。随后，她缓缓说道：

“古陆存在了多久，没有人能够说清。幻雪峰矗立于此大概已经几亿年了，而我们人类的历史虽然短了一些，却也远远超出史书的记载，超出了你们的想象。这座遗迹有三千七百年的历史，但也不过是人类的一个小片段。我们现在处于一个黑暗的混乱时期，可是在此之前，古陆曾经有过许多辉煌灿烂的年代。在空间方面，人类制造了先进的机械，去探寻古陆之外的新世界；对于生命的本源人类也一直在探索。虽然人类还是会死去，但寿命延长了许多。况且对于更深层次的研究也已初露端倪……没有战争，没有饥饿，没有绝望的人类是幸福的……

“可是，一次又一次无法避免的灾难降临古陆。这些文明像脆弱的礁石一样，被巨浪击碎、吞没，消失了……只剩下一些零星的遗迹向人类昭示着逝去的、谁也无法说清的历史……

“我所说的这些，对你们可能无足轻重。可是，对于涅槃族却有着无比重要的意义。古陆上现在的人类种族在远古时代本来是没有分别的，只是那个时代的文明把人类塑造成不同种族，以更好地完成各种任务的分工。比如，你们武藏族被赋予了战斗的使命，你们的生命序列经过了特殊改良。所以，武藏族的后代从降生之始就异于普通人类，而且你们的体质、力量、耐力、敏捷性、柔韧性等都远远超越了普通人类。可以说，每一个人天生就是最强大的战士。忆魂族、科幻族，还有我们涅槃族亦不例外。改造生命序列的难度是极为艰巨的，只有少数人类进行了改造。由于生命本源的原因，这些特殊种族都很少，有许多早已经消亡了。

“我们涅槃族背负的使命从来都是一个谜。我们受到最高级别的保护，居住在最宏大的建筑中，享受着所有的特权，但是没有人知道我们存在的目的是什么。久而久之，人类把我们当作了神的使者，我们的居所成了神庙，我们的苦修被当作在侍奉古陆女神，我们的话成了神谕。在艰苦的年代，信仰是维系人类生存与团结的唯一支柱，我们不能去破坏它，唯有默认。但我们知道，我们不是，我们有更重要的事情要做。一直以来，我们也确实是这样做的。

“黄金家族大概就是看破了其中的缘由。你们知道我们不是什么神的使者，也没有什么过人之处。我们不过是些弱小的盲人，没有其他人类的帮助供养，简直没法在古陆生存。所以，我们等来了那场屠杀。

“……我记得，我一生都在这幻雪峰的斗室中度过。无止境的苦修，实在厌烦的时候也只能看一看外面的蓝天。毫无乐趣的一生就那么一晃过去了，什么也没留下……

“我记得，在宽阔的广场上数不清的人向我朝拜。可是，我呢？高高在上却孤苦伶仃，连一个说话的人都没有，只能像雕像一样坐着……

“我记得，火焰从脚下燃起，迅速吞没了我的全身，疼痛折磨着每一根神经。可是，我的心中为什么没有恐惧，反而是解脱后的轻松……

“你们一定以为我在胡说，我不过是个幼小的女孩，自幼躲在角落里，没见过什么世面，怎么可能有如此经历呢？更何况，那些事情发生在几千年以前。你们是这样认为的吧？其实，这和我们涅槃族的使命有关。

“我们被改造为涅槃族的唯一目的就是探索人类生命的本源。古陆除了人类曾经存在诸多智慧种族，他们都有着不同的生命形式。天翼族酷似人类，背后生有羽翅，虽然不能飞翔，却可以在千壑裂谷中借着逆风自由滑翔；银光族看上去普普通通，甚至连个像样的群体都没有，但是他们的身体存在着不同的形态。在某些时候，他们可以幻化成某些根本不存在的生物；光明族就更加不可思议了，他们没有翅膀却能在天空飞翔，没有城市却拥有复杂深奥的技术。据说，他们还有前往古陆之外的能力……

“这些种族因为各种缺点无法与人类抗衡，大部分生存在高山、丛林、沼泽之中。他们的生育率低，人口数量少，无法形成有规模的社会，更无法发展文明。但是，他们有着自己的生存方式，并且对此心满意足。当然，一旦环境恶劣起来，他们就无法与人类争夺生存的空间了。在战斗中，即便形成了各族联盟，他们也无法战胜人类。所以，他们最终从古陆消失了。

“人类最大的优点在于学习能力，这些种族使人类明白了生命的多样性。洞察生命的本源，让人类进化成最完美的生命体，就是人类最大的梦想了。

“生命本就是古陆之神创造出来的最复杂、最完美的奇迹，而想要自主完成更完美的进化是不可能的事情。开始履行这项使命的时候，谁都没有想到，我们涅槃族会为此付出那么大的代价。终其一生的苦修，无欢寡欲的一世，这些都算不了什么。为了获得更广阔的视野，为了进一步深入未知的精神领域，在涅槃族形成的时候，我们便有意放弃了眼睛。因此，我们成了没有其他人类的帮助便无法生存的弱者。这也不算什么。毕竟经过我们不懈的努力，我们的生命确实在发生着变化。可是，真正的痛苦恰恰来自改变本身。

“这种改变，在我的身上就可以看到。我的精神中，生存在古陆的所有生命都不再是具象的，而是由生命元素组成。动物与植物、各个种族，以及你们所不知道的生物，都是由这些最基本的生命元素组成。在洞悉这一切之后，我们就可以通过这些生命元素与不同的生命交流——最深层次的交流。与此同时，我们的生命就改变了。虽然我们的身体无法改变，我们的记忆已经可以代代相传。在此之后，我们遇到了不可逾越的鸿沟，我们无法使身体得到长生，也无法使我们的灵魂、我们的生命本源摆脱身体而存在，甚至我们所遗传的记忆也存在很大缺陷。我的记忆中只能记下先祖们的情感经历，对于知识却是一片空白。经过了屡次浩劫，我们不仅无法继续自己的使命，连原来掌握的知识也已损失殆尽。我族已接近消亡，恐怕人类对于生命的探求也将化为空白。”

米兰说罢，斗室内没有人出声。

良久，武长天说道：“只要能够重新建立起统一的帝国，我保证会将各地幸存的涅槃族人聚集起来，继续你们的使命。”

米兰凄然一笑：“恐怕已经来不及了。我此次重涉古陆其实是为了另一个目的，曾经数次毁灭古陆的黑星又将降临，古陆已经危在旦夕。我来，是为了寻找曾经失落的远古神器，将它们组合在一起，古陆才可以度过一场浩劫。不过，这只是传说，谁也不知道真假。在这场灾难之下，你们所有的争斗都将变得毫无意义。”

武长天不语，忽然哈哈大笑：“所谓黑星只是一个传说。姑娘拿来搪塞我等，是不是把我们当作娃娃了？”

米兰不再理会武长天，向小武招手道：“小武，你来。”

小武略一迟疑。

武烈向他使了个眼色，示意他上前拦住米兰。

小武缓步上前，她为什么叫自己？她想要怎样？父亲的意思他明白，但是他不想那样做。这短短的几步，他脑中一片混沌。

忽然，小武感觉自己的手被一只修长小巧的手握住了。他的心中一阵战栗，是激动还是惶恐？他不知道。他的眼前什么也看不到了，但心头一片光亮。那不是阳光，那光亮柔和明澈，圣洁无比……一个声音在他耳旁说了几句，然后道：“记住了，你……去吧。”

小武顺从地向回走。这时，他看到武长天和父亲化成两道黑影从自己身边掠过，并向身后冲去。他连忙回身，看到圣女的身体已然离开地面，向着蓝色的天空逝去……

醒来吧！萨荆，就让我的消失点燃你心中的怒火吧！我们的生命会在再一次轮回中重生。

斗室。一片寂然。

没人想到米兰真的会跳下去。

武长天一时呆住了。不可能，她跋涉了半个古陆，绝对不是来这里自杀的。况且，她不是说要寻找什么神器吗？难道她在这里发现了什么？不，不，不会。武长天坚信自己的判断，正是这个原因他才没有突然动手。可是、可是、她确实跳下了雪山，难道……武长天凑到石台边向下张望，下面是千丈深的深渊，除了云雾，什么也看不到。

小武抱膝坐在石台上，一边是阴暗的洞厅，另一边是辽阔的碧空，他已经迷失在现实与幻觉之中。他总觉得她还在，可是他寻遍了天空的每一个角落，却没有发现她的踪影，连一个黑点都没有……忽然，他觉得这无尽的天空也是一个好归宿。如果自己一侧身，是不是也会像她一样，融化在那一片缥缈的蓝色里。

武烈察觉到儿子的脸色不对，连忙上前拉住他的胳膊。

小武抬手甩开了他，眼神中竟有一丝怨恨。

武烈勃然大怒，一掌打在小武脸上："小武，连父亲也不认了吗？"

"莫要失了方寸。"武长生不怒自威，"这一番周折并没有白费，至少武藏族将重归一统。没有涅槃族的影响也罢，整个古陆再没人能够阻挡我们。”

小武苍白的面孔没有表情，他望着武长天，说道：“我要跟你决斗。”

武长天淡然一笑：“先祖们的神武我无法比肩，但现在放眼古陆，大概没有……”

武长天突然住口，他感觉到一股强大的力量在斗室中荡漾。那股力量并非来自小武。他回身看去，萨荆血肉模糊的身体竟然消失了。

武长天慌忙四顾，看到萨荆站在五六步远的地方，靠着墙壁喘息。

“米兰，米兰呢？”他慌乱地在斗室中寻找。

“圣女从这里跳了下去。”小武失神地说道。

萨荆跌跌撞撞地冲上平台，差点儿收不住脚掉下去。

这里已经接近幻雪峰峰顶，人一旦掉下去，绝无生还的可能。天空碧蓝如洗，远处的地平线，冰原、山脉都隐没在脚下的云海之中。几座山峰露出小小的尖顶，像是一个个孤岛。

面对这番景象，萨荆久久不语，没有人知道他在想什么。但是在那一刻，他灵魂深处一定发生了翻天覆地的变化，是对生命的无奈，还是对世间的怨恨，抑或是他内心原有的东西因此而释放？没有人知道。但是，后世传说，武藏王进入幻雪峰的时候还是个少年，出来时仿佛经历了几个世纪。

武长天的手在微微发抖，因为他的心在颤抖。他怀疑，这个少年是不是一个鬼魂。在刚才的一战中，他明明听到了骨骼的碎裂声，明明感觉到他的脏器已经稀烂。可是，他偏偏还能站立在那里。难道是涅槃族的授魂仪式起了奇妙的作用？不可能！授魂仪式虽然可以有限提升人的潜能，但也只是一种仪式，起不到什么神奇的实质作用。不过，涅槃族本就神秘莫测，消失了这么多年，谁人知道她们在干什么。说不定，她们真的搞出了什么名堂。武长天有些后悔在冰墟上太大意了。

很快，武长天停止了胡思乱想。萨荆虽然看上去已经不堪一击，但是真正的较量才刚刚开始。

“年轻人，是什么能让你支撑到现在？”武长天的语气轻柔，与一身杀气完全不相符。他缓慢地向萨荆靠近。

萨荆也惊诧不已，自己受到连番重击，不可能还有幸免的道理。他倚在墙壁上，防止自己瘫倒在地。他的身体虽然酸软无力，但他感觉到一股力量正在重新一点点凝聚。他来不及细想，因为武长天正在一步步逼近。

他来了，已近在咫尺，怎么办？阴森的死亡气息竟然让萨荆心里有了一丝恐惧，怎么办？不能害怕，要战斗，来这里就是为了复仇。米兰死了，自己必须让他血债血偿。

萨荆打算拼死一战。

武长天之所以距离萨荆很近，是算准了他已没有反抗能力，也是为了这一次出手能够万无一失。可是，这个举动也显露出他心底的一丝忧虑和一丝慌乱。他担心一旦失手，不知还会有什么不可预料的事情发生。可是，担心什么偏偏就有什么。他的手竟然再一次落空了。

萨荆躬身一倒，连滚带爬地逃入甬道深处，虽然狼狈不堪，却躲过了致命的一击。

武长天愤怒不已，纵身追去。一击，不中；再击，还是不中……到第四次让萨荆逃脱的时候，武长天的愤怒已经变成了惊恐，自己的速度和力量在衰减，而这个应该奄奄一息的少年虽然还在躲闪，可是他的动作越来越轻盈。这此消彼长的变化意味着什么？他简直不敢去想。

此刻，两人已来到了大厅。萨荆的位置靠近洞口，要逃出遗迹已经没人能拦住他。但是，他站定身形，转过身来。

“你来到这里与我交手，口口声声说要报仇。难道就像个胆小鬼一样一直东躲西藏吗？”武长天喝道。

“我打不过你，只有逃。”萨荆道，“不过，我忽然发现自己没有想象中的那么弱小。我感到我的力量在不断增强，你真的惹怒我了。”

“那我们要来次硬碰硬的决斗？”武长天眯起眼睛，透出寒光。

萨荆点了点头：“我们两个只有一个人能够从这里走出去。”

“年轻人，你现在还活着，真让人难以置信。”武长天的声音忽然低沉下来，“但是，如果凭借着一些奇遇就想对抗我一生的修行，恐怕就大错特错了。”

这时，武烈和小武从斗室内追了出来。他们看到武长天的一身黑袍像处在旋风中心一样剧烈舞动着，继而撕裂为无数碎片四处飞散。随即，武长天消瘦的身体一下子变得像雪犀一样庞大健硕，浑身的肌肉如同千年树根一般突兀崩现，一道道拇指粗的表层血管清晰可见。

“巨人？这……这怎么可能？”小武望着已经需要仰视的武长天，惊愕地喃喃自语。

武烈的眼中显出亢奋的目光，他记得魂石中记录着一种极为罕见的现象。个别血魂战士的生命序列与众不同，在某些时刻他们可以化身为某种更强大的生物。这样的血魂战士几代人中也不一定出现一个，而且化身对他们自身也存在巨大的伤害。但是，每一个变异的血魂战士都会成为当世最杰出的英雄，都会有一段史诗般的事迹。

武烈不禁脱口而出：“难道这是传说中的黑沼武士？我们人类最强大的武者！”

的确，武长天的生命本源中融合着一段奇特的生命序列，它来自古陆最彪悍的战斗种族——黑沼族。黑沼族拥有远古巨兽一般魁梧庞大的身躯和无可比拟的战斗技巧，他们所向披靡的军队一度征服了古陆。只不过因为人数少才走向了灭亡。但是，黑沼族武士给所有古陆种族都留下了一个残忍、暴虐、恐惧的噩梦。

此刻，黄金家族和黑沼族这两个种族优异的生命序列融合在一起，产生了古陆上不存在的强大生物，没有人能够与之抗衡。

“到现在，你已经失去了逃跑的机会。赶快向那个涅槃族女人祈求保佑吧，看一看她能不能够帮你。”

震耳欲聋的嘲笑声在空旷的大厅内回荡。

萨荆没有关注武长天的变化，甚至没有听到他的嘲弄。因为他的身体也发生了改变，他感到一股暗流在体内游动，迅速化为汹涌的潮水淹没了整个身体。血肉、骨骼、内脏在悄然进行着翻天覆地的变化。萨荆惊讶地低头看着自己的身体，却发现什么变化都没有，反而觉得身体轻飘飘的，仿佛一阵风就能吹走。

正在他失望的时候，武长天已经扑了过来。两只比萨荆头颅还大的拳头轰然落下。

地上一下被砸出两个大坑，碎石四处飞溅，千万年沉积的灰尘弥漫在整个洞厅。墙壁上的火把猛烈晃动着，险些熄灭。

尘埃散去，萨荆却消失了。武长天低头在坑中寻找，没有。难道被砸碎了，一点痕迹都没有？

背后传来了冷笑声：“你变得太大了，恐怕不容易抓到我。”

武长天猛然转身，挥拳向身后抡去，还是落空了。他四处张望，忽然腰际一阵刺痛。只见萨荆赤手空拳，就给了自己一拳，着实让武长天吃惊。

武长天回过身，仍然没有看到萨荆。反而后腿部又是一下撕裂般的疼痛，他低头看到大腿上出现了一道深深的伤口，黑红的血液正汩汩涌出。这一点伤不算什么，但形势不容乐观。在自己化身为黑沼族武士之后，萨荆不但能够逃脱，竟然还给自己带来了伤害。这是一个非常危险的信号。

武长天冷静下来，背倚墙壁，仔细搜索着拱形大厅的每个角落，寻找着萨荆的踪迹。但是，萨荆就好像从空气中蒸发了一般，无影无踪。

“他逃跑了吗？”武烈问道。

“不，他在。”武长天一脸凝重。

武烈环顾空荡荡的大厅，一脸茫然。

武长天自知遇到了前所未有的强劲对手。他凝神闭目，开启敏锐的精神之眼。这项特殊技能是他在暗夜沼泽的奇遇，黄金家族的先祖们也不曾拥有。

脑海中先是一片黑沉沉，渐渐地变成了灰色。接着，洞厅的拱形结构显露出来，他看到了武烈和小武，但仍旧没有发现萨荆。忽然，他感觉到灰色的视野中出现了一缕金色的阳光，是火把的光亮吗？不对，这光线是那么的明亮透彻。他抬起头去寻找光线的来源，一下子就看到了萨荆。不，那不可能是他。他看到了一个从未见过的生物。

那个生物的相貌是萨荆，可是他静止在大厅的穹顶上空，浑身环绕着金色的光芒，一双似有若无的透明羽翼缓缓展开，两只眼睛充满了愤怒的红色。

看到这个生物的刹那间，武长天一下子绝望了。那是什么？这样的生物根本不可能存在于古陆，连传说中也不曾出现。他幻化的羽翼明明是银光族的特征，可是独特的隐形能力又是光明族独有的技能。这两个种族都是出现在古陆的传说中，怎么可能被他集于一身。可是，他一身的金色光芒又是从何而来呢？

武长天一声长叹，这个孩子肯定自己都不知道有这样的能力。他的能力是在一次次濒死的绝境中被激发出了。

但是，武长天还心存侥幸，或许他还不知道自己被发现了，或许他不过是徒有其表。毕竟，黑沼族武士的力量和破坏力是古陆之最。

武长天突然发力，像一支暴射而出的标枪，插向穹顶。

武烈还在对武长天无故跃上穹顶而不解时，就看到武长天像一块从山顶坠落的巨石，轰然落下，激荡起漫天的灰尘。

直到灰尘散去，武长天才晃晃悠悠地从地上爬起来。现在的他看上去是那么的笨重和虚弱。

武烈上前，试图去搀扶。这个时候，他看到了萨荆就站在距离武长天三四步远的地方。他的身体就像一个幻影，时而真切，时而虚无。

武烈还没能有所反应，萨荆已经如一道光影般掠了上来。武长天突然发出一声怒号，右臂已然脱离了身体，鲜血喷溅而出。疼痛使武长天暴怒如狂，左拳与双脚暴风骤雨般向萨荆攻击。武烈见状，不再犹豫，也纵身加入混战。

战斗只进行了很短暂的时间。

三个人像是高速旋转的旋涡突然停滞了。武烈如同一块没有生命的岩石被旋涡甩了出来，重重地撞击在墙壁上，又跌落在地面。而坚硬的墙壁竟然出现了一个凹坑。

小武冲上去，抱起父亲。武烈还清醒着，但是已不能说话。全身的骨骼不知碎成了多少块，一动不能动，一双眼睛直直地望着小武，不知想表达什么。

旋涡中心，环绕武长天的金色光芒消失了。武长天像断了线的木偶瘫倒在地。接着，他的四肢和躯体分成了十几个碎块，散落开来。那些破碎的肢体很快萎缩干枯，像是腐朽的树枝。而他的头颅斜倚在一堆烂肉中，逐渐失去光泽的眼睛仍然不甘地望着萨荆。他似乎不明白为什么会出现这样的结局。但是，他永远也不会明白了。

萨荆冷冷地看着武长天，眼中的杀气并没有散去，他缓步走向武氏父子。

“他已经活不了多久了。”小武的语气中带着一丝哀求。

“他现在就得死。”

“那你先跨过我的尸体。”小武站起身，手掌幻化成四个影子。虽然失去了长刀，可是他的手掌就是刀。

萨荆并没有停住脚步，他的身影忽隐忽现，“看来，这个阴谋与你无关，我不杀你。”

看着萨荆走近，小武知道，连武长天和父亲都不能挡住一击，自己根本拦不住他。

萨荆的手臂已经伸出，直奔武烈的胸口。

情急之间，小武挥掌朝萨荆的脖颈砍去。

十七、尽头

萨荆的手插入了武烈的胸膛，他并没有急着抽出手，反倒等到手中的那颗心脏停止了跳动。

此时，小武的掌刀就贴着萨荆的脖颈，但他没有斩下去。

“还犹豫什么？”萨荆说道，“也许，你真的可以杀了我。”

“我根本就没想杀你，”小武的眼中泛着泪花，“我只是希望你住手。”

萨荆抬起手，笑着欣赏满手殷红的鲜血，眼中闪烁着狰狞的红光。“你也杀不了我，古陆再没人能把长矛刺入我的身体。只有我去杀人。”

小武不再理会萨荆，他对萨荆的神情忽然有种说不出的厌恶。他俯身抱起了武烈，虽然对他的行为感到羞愧，可他毕竟是自己的父亲。

小武抱着父亲，朝废墟外走去，心中一片寂寥。武烈的血一滴滴落在尘埃之中。

“你随时可以找我报仇。”身后传来萨荆嘲弄的声音。

小武转过身，冷冷地看着萨荆：“圣女在跳下悬崖之前，要我转告你一句话。她说，她并没有死，”他的眼中充满鄙夷和蔑视，“她是以某种形式存在于你的心里，她会随着你走遍天涯海角。终有一天，你会感受到她的存在。不过依我看，圣女选错了人，你的身体里本就流淌着残忍、暴虐的血液，它们因为圣女的眷顾而彻底释放了。你会给古陆带来灾难和毁灭……”

小武走了，抱着武烈离开了幻雪峰。但是，他的话还真切地在萨荆耳旁回荡。

萨荆环顾四周，心中像这大厅一样空荡荡的。小武的话刺痛着他的心，他想反驳，却无人听。

萨荆穿过甬道，来到圣女曾经休憩的斗室。最后，他在面向天空的平台上坐下来。

他望着云海变幻着各种形状，望着落日在云海上飘浮……

他有些怀疑小武的话，因为他感受不到米兰的存在。或许，那是米兰对自己的一丝安慰罢了。可是，为什么自己明明已经死去，却离奇地重生？还有，自己身上强大的力量又是从何而来？

天色慢慢暗淡下来，萨荆的心也随之阴沉。从前的自己充满了落寞与孤寂，在遇到米兰之后，他以为自己终于有了依靠和慰藉。可是，米兰却从这里跃了下去。这空旷的世间又只剩下自己，他全部的爱都随着米兰消散在无尽的虚空之中……

萨荆知道，古陆会存在下去，人类也会延续。但是，孤独会伴他一生。

黑暗吞没了落日，吞没了云海。

黑暗的尽头还是黑暗……